KB062377

아이템
매니아

아이템 매니아 2

2017년 7월 4일 초판 1쇄 인쇄
2017년 7월 7일 초판 1쇄 발행

지은이 오메가쓰리
발행인 이종주

기획 팀 이기헌 왕소현
책임 편집 최이슬

발행처 (주)로크미디어
출판등록 2003년 3월 24일
주소 서울시 마포구 성암로 330 DMC 첨단산업센터 3층 314호
Tel (02)3273-5135 **Fax** (02)3273-5134
홈페이지 rokmedia.com **E-mail** rokmedia@empas.com

ⓒ 오메가쓰리, 2017

값 8,000원

ISBN 979-11-294-0476-3 (2권)
ISBN 979-11-294-0457-2 04810 (세트)

이 책의 모든 내용에 대한 편집권은 저자와의 계약에 의해
(주)로크미디어에 있으므로 무단 복제, 수정, 배포 행위를 금합니다.

작가와의 협의에 의해 인지는 생략합니다.
잘못된 책은 구입처에서 바꾸어 드립니다.

contents

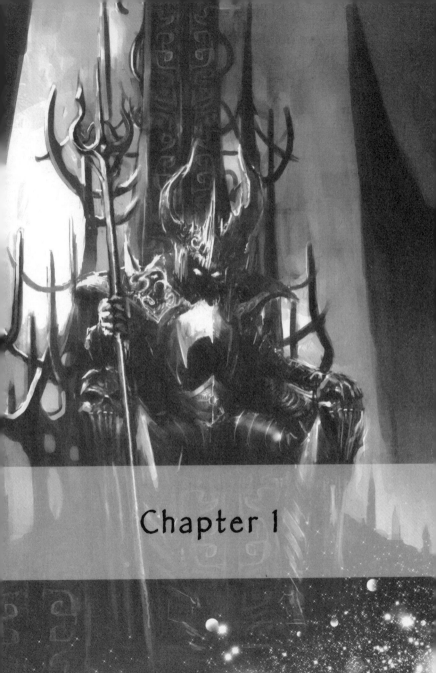

Chapter 1

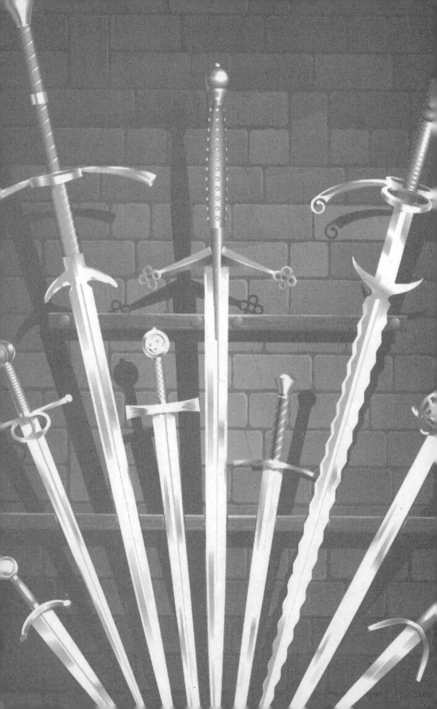

> **언령 : 양들의 침묵**
>
> **획득 경로** : 최초로 제1막 시나리오의 보스 양치기 소년 처치.
> **각인 능력** : 모든 능력치 +20, 암흑 속성 +10퍼센트.
>
> **언령 : 1막의 지배자**
>
> **획득 경로** : 제1막 시나리오 활약도 90퍼센트 이상 달성.
> **각인 능력** : 모든 능력치 +9, 모든 속성 +9퍼센트, 모든 숙련도 추가 상
> 승률 +9퍼센트.

과연 이루기 힘든 업적인 만큼 각인된 능력도 대단했다. 특히 1막의 지배자.

비록 올능의 상승률이 높진 않지만, 속성 저항력과 함께 숙련도 상승률이라니.

'이건 진짜 대박이네.'

놀란 마음을 감추지 못했다.

지금껏 많은 언령을 얻었지만, 숙련도 상승 효과는 처음이었다.

이게 얼마나 대단한 것이냐면 앞으로 그는 무기, 스킬, 생산, 그 모든 숙련도에 관한 9퍼센트의 보너스를 받는 것이다.

이것은 남들보다 한발 먼저 앞서 나갈 수 있다는 것을 의미한다.

'100퍼센트였으면 어땠을까?'

문득 궁금증이 생겼다.

만약 100퍼센트를 달성했다면 어떨까.

99퍼센트에 9씩이 상승했으니 10퍼센트씩 상승하지 않았을까.

'아니, 거의 불가능한 위업이니만큼 더 대단한 보상이 있을지도.'

물론 추측일 뿐이다.

하지만 사실상 거의 불가능한 위업인 만큼 그저 1퍼센트가 더 상승하는 것으로 그치진 않을 터였다.

'언젠가 반드시…….'

100퍼센트의 위업을 달성하고 말리라.

물론 당장은 힘들 것이다. 하지만 분명 기회는 있다.

'운이 조금 따라 줘야겠지만.'

단순히 힘이 있다고 해서 이룰 수 있는 게 아니었다.

다소 희박한 확률, 천운에 기대를 거는 수밖에.

'일단 이건 나중이고.'

다짐으로 굳은 얼굴이 환하게 펴졌다.

보관함 한 칸을 차지하고 있는 다이아 재질의 상자를 본 것이었다.

보상의 상자.

이것은 메인 시나리오에서 대단한 활약을 보인 이들만의 축복이었다.

여러 게임 시스템에서 흔히 쓰이는 랜덤 박스와도 같은 것.

당연히 상자에서 나오는 아이템은 무작위다.

지금 정훈이 얻은 상자는 다이아 등급으로 최소 유일에서 최대 전설 등급까지의 3개 아이템을 획득할 수 있는, 그야말로 보물 상자였다.

'전설은 무리겠지.'

다이아는 처음이다.

하지만 지금껏 받은 보상의 상자에서 가장 높은 등급의 아이템을 얻은 적이 없었다.

특히 전설이라 하면 일반, 고급, 희귀, 유일, 유물, 성물, 전설, 불멸, 태고, 태초로 나뉘는 등급에서 무려 네 번째에 해당하는 고위급이니 그 확률을 능히 짐작할 수 있다.

예상하는 가장 상황은 3개 모두 유일급으로 나올 확률이다.

하지만 사람은 어리석은 동물이 아닌가. 희박하다는 것을 알면서도 괜한 기대를 하기 마련이다.

보관함에서 꺼낸 보상의 상자를 손에 들었다.

양손에 묵직하게 들어오는 크기에, 단면에는 옅게 빛이 나는 특별한 문자가 새겨져 있었다.

보상의 상자에만 부여된 마법의 문자.

이 특별한 힘이 부여된 상자를 바닥에 떨어뜨려 놓으면…….

촤르륵.

무지개와 같은 일곱 가지 색으로 선명한 빛과 함께 아이템이 튀어나왔다.

아이템은 요란한 소릴 내며 지면에 떨어졌다.

"쯧."

첫 번째와 두 번째 모두 유일급이었다.

정훈의 입장에선 격도 쓰지 못하는 하급의 무구. 수집용 이외엔 큰 가치가 없었다.

실망으로 찌푸린 시선이 마지막 남은 아이템으로 향한다.

'리카온!'

연이은 유일급으로 실망만 가득한 얼굴에 미소가 꽃폈다.

손에 든 건 단검이었다.

동물의 송곳니와 같은 날, 손잡이 또한 동물의 뼈로 장식되어 있었다.

언뜻 그 가치가 볼품없어 보이나, 아이템에 대한 전반적인 지식이 많은 정훈은 단검의 가치를 정확히 꿰뚫고 있었다.

리카온. 본래 아르카디아의 왕이었으나 제우스에게 인신 공양을 한 죄로 늑대가 된 최초의 늑대인간.

그의 이름을 딴 이 단검은 늑대가 된 리카온의 송곳니를 떼어 내 만든 것으로, 최고의 위치에서 밑바닥 인생을 살게 된 이의 원한과 절망이 스며든 성물급의 무기였다.

'리카온이면 최소 상급은 되지.'

같은 등급이어도 성능의 차이는 있다.

리카온은 성물급 중에서도 상위에서 최상위의 성능을 지닌 무기였다.

오직 1막의 보상 상자에서만 얻을 수 있어서 구하고 싶어도 구하지 못하는 희귀 무기인데, 여러모로 운이 좋은 경우였다.

"아, 너무하네, 정말!"

"나무 열매? 이게 뭐냐고!"

정훈이 리카온을 얻은 그 시각.

활짝 펴진 그와는 반대로 많은 이들이 불평을 터뜨리고 있었다.

정산받은 보상이 마음에 들지 않은 탓이다.

그도 그럴 게 이번 시나리오에서 활약한 것은 정훈을 제외하면 없다시피 했다.

99퍼센트에 이르는 활약도로 입문자 중에서 정훈 다음으로

많은 활약을 보인 준형조차도 일반 등급의 무기와 능력치 0.2
의 보상만을 얻었을 뿐이니, 다른 이들은 말할 것도 없었다.

'살아남은 것만 해도 다행일 텐데.'

그들을 바라보는 정훈의 시선이 그리 달갑진 않다.

사실 1막은 보상을 위한 무대가 아니다.

퀘스트 내용에도 나와 있듯 생존, 살아남는 것이 목적인 것.

비록 그의 방관으로 절반에 가까운 인원이 사망했다고 하
나 그마저도 대단한 성과다.

일반적으로 늑대의 습격에서 살아남는 인원은 많아 봐야
10퍼센트에 불과했으니.

그걸 알 턱이 없는 입문자들은 그저 형편없는 보상에 불평
을 쏟아 낼 뿐이었다.

　-제1시나리오, 늑대와 양치기 소년 종료.

　-제2시나리오 포털 작동.

　-팔락스 마을 중앙에 포털 생성.

　-포털 종료까지 남은 시간 9시간 59분 59초.

입문자들이 모인 곳 중앙에 타원형 모양의 포털이 생성되
었다.

마치 물에 비친 듯 희미한 영상을 비춰 주고 있는 포털 너
머에는 이 세상과는 전혀 다른 세상의 단편이 비치고 있었다.

"이게 끝이 아니었어?"

제2시나리오로 가는 포털의 등장에 모두가 허탈해했다.

이것으로 끝날지도 모른다는 기대가 산산이 부서진 탓이었다.

허탈, 절망, 그리고 미지의 세계에 대해 두려움이 수면 위로 떠오르는 가운데……

"모두 진정하시고 제 말에 귀를 기울여 주십시오."

낭랑한 음성이 장내에 울렸다.

가장 먼저 정신을 차린 준형이 상황을 수습하기 위해 움직이고 있었던 것.

물론 그라고 해서 막막하지 않은 건 아니었다.

다만 그래도 이들을 이끌고 있는 수장으로서 책임과 의무를 다하기 위함이었다.

갑작스레 벌어지는 사건과 사고로 혼랍스럽기는 매한가지나 한 가지만은 정의할 수 있었다.

이계의 생활이 끝나지 않았다는 것, 그리고 이 세계를 살아가기 위해선 모두 뭉쳐야 한다는 것이다.

그는 이러한 점을 들먹이며 하나 된 길드로서의 필요성을 주장했다.

몇몇은 회복할 수 없는 허탈감에 주저앉기도 했지만, 그래도 대다수가 이런 준형의 뜻에 동조했다.

살아남기 위해 최선을 선택하는 것이었다.

"정훈 님."

간부들과 함께 장내를 수습한 준형이 다가왔다.

"뭐가 또 궁금해?"

그가 다가올 때면 어김없이 질문이 날아들었다.

"아, 네. 뭐, 그렇죠."

그래도 제법 대면했다고 머리를 긁적이며 다가왔다.

조금 뻔뻔해진 모습이었다.

"포털로 이동하지 않으면 어떻게 됩니까?"

이곳에서의 생활이 어느 정도 안정을 찾았다.

굳이 위험을 감수하면서까지 다음 시나리오로 이동할 필요가 있느냐는 게 많은 이들의 생각이었다.

"죽어."

그에 대한 확실한 대답을 해 주었다.

"포털이 닫히면 이 세계는 붕괴되거든."

친절히 죽음의 이유까지 설명해 주었다.

포털의 유효 시간인 10시간이 지나면 세계는 붕괴한다.

당연히 그곳의 생명체는 남김없이 소멸하게 될 것이다.

"후우, 선택의 여지는 없군요."

"이 정도 했으면 감이 올 텐데? 우리에게 선택권 따윈 없어."

어찌 보면 이곳에 있는 사람들은 장기의 말과도 같다.

정해진 룰 안에서만 움직여야 하는 소모품, 그 이상도 이하도 아니었다.

"그래도 바로 가진 않는 게 좋아. 2막이 1막보단 난이도가 높으니까. 최대한 주어진 시간을 활용해 좀 더 경험을 쌓고 가는 게 좋을 거야."

이 정도 조언이야 얼마든지 줄 수 있다. 명색이 서로 돕는 계약으로 묶여 있는 관계니 말이다.

"아, 그렇군요. 좋은 정보 감사합니다. 그리고 혹시……."

궁금한 게 많이 남아 있었던 준형이 질문 세례를 퍼붓기 시작했다.

대답할 수 있는 건 나름 조언도 덧붙여 말해 줬지만, 그 이상의 것을 알려 주진 않았다.

어차피 나 자신을 제외한 모두가 경쟁자.

언제든 뒤통수에 칼날을 들이댈지 알 수 없는 '타인'에겐 이 정도의 호의가 적당했다.

"정훈 님은 바로 가시는 겁니까?"

쓸 만한 정보를 주워들은 준형이 기대 어린 눈빛을 보냈다.

시간이 되면 같이 움직이지 않겠느냐는 은근한 제의였다.

하지만 시나리오는 끝났을지언정 정훈에겐 해야 할 일이 남아 있었다.

"바빠."

기대를 저버리며 일축했다.

"알겠습니다. 그럼 다음에 다시 뵙죠."

더는 얻을 게 없다.

이제는 정훈의 성향을 어느 정도 파악한 준형이 재빨리 움직였다.

한시라도 빨리 상황을 수습하고 좀 더 많은 성장의 시간을 가지려는 것이었다.

준형을 보내고, 곧장 사람들이 없는 마을 귀퉁이로 자릴 옮겼다.

다시 한 번 주위를 둘러보았다.

인근에서 인기척이 느껴지지 않는 것을 확인하곤 보관함을 열었다.

후두둑.

주민들의 시체 주변에 떨어져 있던 원옥의 파편, 100개나 되는 그 모든 걸 바닥에 쏟아부었다.

바닥에 떨어진 파편이 이리저리 굴러다녔다.

아무렇게나 널려 있는 파편의 중앙에는 양치기 소년에게 줬다가 뺏은 원옥의 정수를 놓았다.

드드드드.

정수가 지면에 닿은 순간 변화가 일어났다.

여기저기 흩어져 있던 원옥의 파편이 들썩거리기 시작하더니 이내 자석에 이끌리는 듯 원옥의 정수로 모여들었다.

모여들기만 한 것으로 그친 게 아니라 순식간에 표면에 달라붙어 그 크기를 불려 갔다.

얼마 지나지 않아 흩어져 있었던 퍼즐처럼 균열 하나 없이 완벽한 하나의 공이 완성되었다.

촉수와도 같은 절망의 기운이 일렁이는 공.

원옥의 파편과 정수가 혼합되어 마침내 '원옥'으로 복구된 것이다.

원옥 또한 얻는 게 불가능하다 판단 내린 몇 가지 아이템 중 하나다.

하지만 이건 그 자체만으로 대단한 힘을 발휘하는 게 아니었다.

떨리는 손길로 원옥을 쥐었다.

─오라, 이곳으로.

무저갱에서 흘러나온 듯 음울한 음성.

'여긴가?'

머릿속 음성이 이정표가 된 것처럼 방향을 알려 주었다.

정훈은 순간 망설이는 듯 멈칫했다.

고민이 드러나는 미간은 주름져 좀처럼 펴질 생각을 하질 못했다.

'안주할 순 없다.'

갈등하던 그가 이내 마음의 결정을 내리며 무거운 발걸음을 떼었다.

휘잉.

바람이 불어서일까. 어째선지 그의 몸이 가늘게 떨리는 듯했다.

　-오라, 내게로 오라.

　원옥 너머로 끊임없이 속삭였다.

　홀린 듯 음성을 따라 걸어가는 정훈은 누구의 방해도 없는 편한 길을 걸어가는 중이었다.

　몬스터가 없는 건 아니다.

　다만 그의 주변에 얼씬도 하지 않을 뿐이었다.

　사실은 그를 피하는 게 아닌, 원옥에서 뿜어져 나오는 기운에 압도당했다는 표현이 맞을 것이다.

　엄청난 능력치에, 아무리 좋은 아이템을 착용하고 있다 한들 인간을 공격하는 게 몬스터의 본능이다.

　그런데 지금은 두려움에 젖은 눈으로 피하기 바쁘다.

　몬스터의 존재 의의를 의심케 하는 장면이었다.

　'녀석의 기운 탓이겠지.'

　짐짓 태연한 정훈의 반응.

　예상 가는 바가 있었기 때문이다.

　재앙이라 불리는 녀석의 기운을 느꼈다면 몬스터의 공포는 당연한 것이다.

　덕분에 편히 나아갈 수 있었다.

　한동안 속도를 내던 정훈이 멈추었다.

　그의 시선 정면에 하늘을 뚫을 듯 높게 솟은 나무가 보였다.

　높이는 짐작조차 되지 않고, 둘레는 성인 100명이 나란히

서야 할 정도로 넓다.

　정훈은 이것을 경계의 고목이라 불렀다.

　조금 전 지나온 라이칸스로프가 지키는 곳을 1차 경계선이라 한다면, 고목은 2차, 마지막 경계선이라 할 수 있다.

　마지막 경계선답게 어떤 진입도 허용하지 않는다.

　지나가려고 시도하면 마치 보이지 않는 무언가가 막고 있는 것처럼 나아갈 수 없었다.

　그 어떤 수단을 동원해도 마찬가지였다.

　'이게 아니라면…….'

　지금 정훈에겐 이곳을 지나갈 유일한 수단이 갖춰져 있었다.

　그 유일한 수단, 원옥을 쥔 채로 고목을 지나갔다.

　그러자 어떤 저항감도 없이 고목을 넘어갔다.

　고목을 지나자 장면이 바뀌는 것처럼 주변 환경이 급변했다.

　색색의 단풍나무가 길 양옆으로 나열해 있었는데, 그 중간마다 늑대의 모습을 형상화한 돌조각상이 자리했다.

　각기 다른 행동을 취하고 있는 조각상은 마치 살아 있는 것처럼 정훈을 노려보고 있었다.

　—이제 다 왔구나. 이리, 이리로.

　머릿속을 헤집던 음성이 더 선명해졌다.

　깨끗이 치워진 길을 따라 전진하길 몇 분. 길이 끊긴 앞에 제단이 나타났다.

네모반듯한 돌 제단 뒤에는 지금까지 본 조각상보다 배나 큰 늑대의 조각상이 자리하고 있었다.

지나쳐 온 것들도 다 생동감이 느껴졌으나 이것에 비할 바는 아니었다. 생동감이 아닌 진짜 살아 있는 생물과도 같다.

─제단 위로 그것을.

음성이 바라는 게 무엇인지 안다. 하지만 그는 원하는 것을 바로 실행하지 않았다.

"후우."

참았던 숨을 토해 냈다.

긴장하고 있다는 증거다.

'모험이 없으면 얻는 것도 없다.'

누군가의 격언을 떠올렸다.

조금은 위험하지만, 천금과도 같은 기회가 눈앞에 있다.

이 기회라는 것도 10년간의 게임 지식이 아니라면 결코 얻을 수 없는 것.

지금까지 그래 왔던 것처럼 취할 수 있는 모든 것을 취해 최고가 되어야만 한다.

특히 이번은 최고가 되려는 그의 과정에 방점과도 같은 기회였다.

'기록대로라면 해 볼 만하다.'

극악의 노가다로 얻은 '탐허가 헤먼의 일지上'에는 이 재앙에 관한 이야기를 잔뜩 풀어 놨었다.

　장담하는데 지금이 아니면 대면할 기회조차 없다.

　기회는 도전하는 자에게 찾아오는 것. 망설일 이유가 없었다.

　－어서. 어서!

　원옥에서 나오는 음성이 더욱 간절해졌다.

　그러지 않아도 결심이 선 참이었다.

　똑바로 걸어간 정훈은 돌 제단에 원옥을 올려 두었다.

　쿠르릉!

　제단이 크게 요동쳤다.

　쩌적.

　동시에 원옥에 균열이 생겨났다.

　유리에 금이 가는 것처럼 잔균열이 동시에 생기기 시작하더니…….

　파악!

　종래엔 산산이 부서져 가루가 되어 날렸다.

　신비한 건 이 가루가 지면으로 떨어지는 일이 없다는 것이다.

　스스로 의지를 지닌 것처럼 이리저리 움직이기 시작하더니 곧 하나의 형상을 만들었다.

　그것은 거대한 늑대였다. 목에 쇠사슬이 묶인 거대한 늑대.

　처음에는 희미한 형상에 불과했으나 시간이 지날수록. 선명해지기 시작해, 마침내 완전한 하나의 생명체로 거듭났다.

철 수세미와도 같은 빳빳한 검은 털, 불길이 이는 듯한 사나운 눈매, 그리고 길쭉한 주둥이 안으로 날카로운 송곳니가 번뜩였다.

보는 것만으로도 절로 고개가 숙이는 위압감의 존재.

-형상을 취한 건 무척 오랜만이로구나.

기분 좋은 듯 자신의 털을 핥는 거대 늑대.

'펜릴.'

정훈이 중얼거렸다.

펜릴, 고대에 존재했던 3대 재앙 중 하나.

세상이 멸망할 때 사슬을 끊고 나온다는 늑대가 바로 그의 눈앞에 있었다.

-네가 원옥을 가지고 온 인간이로구나. 쉽진 않았을 터인데, 훌륭하다. 넌 충분히 인정을 받을 만한 실력을 지니고 있구나.

고작 대화하고 있을 뿐인데도 압도적인 존재감이 주변을 짓눌렀다.

정훈에게도 그 무게감이 여실히 다가왔다.

'역시 괴물은 괴물이네.'

이 세계에 존재하는 괴물 중에서도 단연 수위에 있는 강력한 존재. 만약 정상인 상태였다면 마주 보는 것조차 불가능했을 것이다.

'하지만 지금은 아니지.'

재앙이라 불렸을 정도의 엄청난 힘은 대부분 봉인 상태다.

지금은 본래 힘의 1천 분의 1도 제대로 사용하지 못할 것이다.

정훈의 시선이 펜릴의 목에 걸린 쇠사슬로 향했다.

저 쇠사슬이 펜릴의 힘을 억제하고 있는 자물쇠였다.

단순히 행동을 구속하는 것뿐만 아니라 식욕을 앗아 가 몇천 년 동안 굶은 상태인 것.

하루 이틀도 아니고, 1천 년이 넘는 시간이다.

아무리 반신에 달한 펜릴도 살아 있는 생명체이니, 쇠약해지는 건 어쩔 수 없었다.

-인간, 너에게 부탁할 일이 있다.

가타부타 대답은 없었지만, 펜릴은 자신의 할 말을 이어 갔다.

-저기 말뚝에 박힌 쇠사슬을 끊어다오. 오직 너만이 할 수 있는 일이다.

육신을 속박하고 있는 쇠사슬을 따라가면 이를 고정하기 위한 말뚝이 박혀 있는 걸 볼 수 있다.

무슨 재질인지 알 수 없는 푸른 코팅에 어원을 알 수 없는 문자가 가득 새겨져 있다.

이는 펜릴의 접근을 막아 쇠사슬을 풀 수 없도록 하는 마법의 힘이 부여된 것이었다.

-망설이지 말거라. 사슬을 끊어 준다면 인간, 너에게 후한 보상을 줄

테니.

악당의 주요 대사다.

풀어 주면 보상을 주겠다고 하면서 뒤통수를 치는.

하지만 정훈은 펜릴의 말이 거짓이 아니라는 걸 알고 있었다.

탐험가 헤먼이 기록하길 펜릴을 풀어 준 대가로 전설 등급의 무구를 손에 넣었다고 했다.

무려 전설이다.

정훈도 고작 5개밖에 지니지 못한 고위급의 아이템인 것이다.

안전하게 전설급 아이템을 손에 넣을 수 있다는 사실에 의지가 흔들리기도 했다.

흔들리는 의지를 다지기 위해 고갤 세차게 흔들었다.

'무조건 잡는다.'

펜릴을 쓰러뜨렸을 때의 달콤한 보상을 떠올린다.

전설급 이상의 무구는 확정, 거기에 간절하게 바라던 '증표'를 얻을 수 있다.

3대 재앙이 각기 하나씩 지니고 있는 증표.

전설의 탐험가 헤먼조차 실패했던 증표를 모으는 게 정훈의 최종 목표였다.

그리고 지금 그 첫 번째 기회가 주어졌다. 다시는 오지 않을 기회이기도 하다.

1막이 지나면 어떤 식으로든지 펜릴은 풀려난다.

사실 그를 구속한 봉인의 힘은 점차 약해지고 있었다.

반면 그가 지닌 힘은 강대해지고 있는 상황이다.

모든 게 펜릴의 계획대로였다.

양치기 소년을 부활시켜 원한이 마을을 지배하도록 만들었다.

원한은 그가 지닌 힘의 원천.

양치기 소년과 주민들과의 사이에서 생성되는 원한을 흡수하며 힘을 키우고 있었던 것이다.

이대로 시간을 보낸다면 본신의 힘만으로 쇠사슬을 끊고 세상으로 나올 테지만…….

'그렇게는 안 되지.'

이글거리는 눈으로 주시하고 있는 펜릴을 바라보며 결심을 다졌다.

곧장 보관함을 열어 검은 늑대에게서 얻은 주사위를 굴렸다.

1,120개의 철과 강철 주사위가 지면을 굴렀다.

요란하게 굴러가던 모든 주사위가 멈추고 눈금이 나타났다.

─더블! 한 번 더 찬스!

운명의 신이 있다면 그를 어여삐 여기는 게 분명하다.

더블인 것도 모자라 모든 눈금이 6을 가리키고 있었다.

운수대통으로 더블 확률이 30퍼센트에 달한다지만, 적절하게 6이 나온 건 분명 행운이었다.

이번 주사위 굴림으로 정훈의 능력치는 모두 강의 경지에 도달했다.

티어가 올라갔기에 다음에 이어진 주사위로는 능력치가 극소량 상승한다.

―지금 무얼 하고 있는 건가, 인간?

펜릴의 물음에도 정훈은 대답하지 않았다.

퀘스트가 걸린 이상 선공을 가하기 전에 먼저 덤비는 일은 없을 것이다.

안심하며 장비를 교체한다. 아니, 외형만 보자면 벗었다는 게 맞는 표현이다.

분명 방어구를 착용했는데, 맨살이 드러났다.

하나둘 사라지는 옷가지와 함께 마침내 그는 발가벗은 몸이 되었다.

'게임에선 막 입긴 했는데, 여기선 좀 그렇겠네.'

심각한 와중에도 그런 생각이 들었다.

현재 정훈이 착용한 방어구는 벌거벗은 임금님 세트였다.

투구, 갑옷, 장갑, 부츠의 4개로 이루어져 있고, 각 등급은 성물이다.

하지만 4개를 모두 모아 세트 효과가 발동하면 전설급의 성능으로 바뀐다.

물리, 마법, 각 속성 저항력이 대폭 상승하는 것은 물론 특수 능력 중 하나는 10초간 무적에 가까운 방어를 제공할 정도.

유일한 단점이라면 세트를 모두 착용할 시 나체가 된다는 것 정도.

물론 성능이 압도적이니 착용하지 않을 이유가 없었다.

액세서리로는 목걸이는 브레싱가멘, 반지는 저주받은 황금 반지, 귀걸이는 프리그의 간청을 착용했다.

성물급 세트 아이템으로, 마법, 속성 방어력은 기본이요, 세트를 모아 발동하는 효과인 여신의 축복은 모든 능력치가 10퍼센트 상승한다.

현재 정훈이 지닌 무구 중 단연 상위급의 아이템 세팅이 었다.

하지만 가장 중요한 게 빠져 있다.

공격력을 극대화하는 데 가장 중요한 것은 무기다.

황금빛 찬란한 열쇠를 꺼냈다.

일반적으로 생각하는 손가락만 한 게 아닌, 양손 검이라도 되는 양 무척 크다.

꺼내 든 열쇠를 허공에 찔렀다.

철컥.

열쇠를 돌리자 저항감과 함께 마찰음이 들렸다.

그리고 놀라운 변화로 이어졌다.

공간에 균열이 일더니 부서져 내렸다.

반원 형태의 문과 같은 공간 너머에는 반짝이는 황금과 보석, 그리고 무구로 가득한 창고가 나타났다.

고대에 봉인된 하늘의 창고.

정훈이 사용한 열쇠는 이곳에서 하나의 무기를 꺼내는 데 필요한 것이었다.

공간에 손을 넣는다.

무언가 잡히는 듯한 느낌과 함께 손을 뺐다.

빠져나오는 손에 쥐인 것은 검이었다.

하늘을 닮은 푸른색 기운으로 뭉쳐진 기의 검.

처음 하늘과 땅을 가른 검이자 천외천天外天의 세계를 위협하던 바위 거인을 물리친 검의 이름은 에아, 지혜의 여신 에아의 이름을 계승한 것이었다.

빛의 특이 속성인 창공을 품은 에아는 펜릴이 지닌 원한의 기운을 상쇄하는 데 더없이 훌륭할 전설급 무기다.

―불쾌한 무기로군.

이를 증명하듯 언짢은 표정이었다.

씨익. 멍하니 자신을 응시하는 펜릴을 향해 웃어 보였다.

태연히 색색의 물약을 마셔 댔다.

검붉은 액체, 토르의 노여움은 근력.

녹즙과도 같이 어두운 초록 액체, 해임달의 추격은 순발력.

노랑에 붉은 기가 감도는 주황 액체, 마그니의 인내는 강인함.

이 3개 물약은 한주먹 캐릭터가 연금술 마스터 숙련도에 이르렀을 때 제작한 유물급의 물약이었다.

패 이하의 모든 능력치를 한계까지 이끌어 낸다.

이것을 마심으로 인해 정훈의 능력치는 강의 끝인 499에 달하게 되었다.

비록 제한 시간인 30분을 넘길 순 없겠지만, 그 정도면 충분하다.

-무슨 짓이냐고 물었다. 인간.

장비 교체부터 물약까지.

이 모든 건 순식간에 일어난 일이었다.

하지만 참을성이 많지 않은 펜릴은 더 참지 못하고 송곳니를 드러냈다.

고오오!

위협하는 것만으로 주변의 공기가 달라졌다. 괜히 재앙이란 말이 붙은 괴물이 아닌 것이다.

"뭐긴 뭐야."

사나운 기운에도 정훈은 태평하다.

에아를 수평으로 세워 펜릴을 가리켰다.

"늑대 사냥 중이지."

할 수 있는 모든 것을 준비했다.

이젠 늑대 사냥을 시작해야 할 시간이었다.

-건방지구나!

줄기줄기 뿜어져 나오는 원한의 기운이 주변을 잠식해 갔다.

평범한 이라면 숨조차 쉴 수 없을 정도로 농도 짙은 살의였다. 그만큼 펜릴의 분노는 지대했다.

이 무슨 어처구니없는 경우란 말인가.

필멸자에 불과한 인간 나부랭이가 반신, 그것도 재앙이라 불리는 자신에게 덤빌 생각을 하다니.

'내 너무 오래 잊혀 있었구나.'

지나간 세월을 한탄했다.

한창 활동하던 시절엔 상상도 못 할 일이었다.

세계를 먹어 치우는 늑대라는 명성에 걸맞게 모든 생물이 자신을 보면 두려움에 벌벌 떨었다.

아무리 금제를 당한 몸이라지만, 이럴 순 없었다.

-네놈을 갈기갈기 찢어 죽여 내 아직 죽지 않았음을 아스가르드, 그 빌어먹을 녀석들에게 알려 주겠다!

봉인이고 뭐고 필요 없다.

어차피 시간이 지나면 자력으로 끊을 수 있을 터.

지금 중요한 건 저 건방진 필멸자를 갈기갈기 찢어 죽이는 일이었다.

주변을 잠식하던 살의가 뚝 끊겼다.

마치 폭풍 전의 고요와 같은 가라앉은 분위기 속.

아우우우우!

응축된 기운을 발산하는 한 줄기 울음이 멀리 퍼져 갔다.

피어Fear. 내면에 깃든 두려움을 끄집어내어 전의를 상실케 하는 정신 공격의 일종이었다.

비록 육신의 힘은 쇠약해졌지만, 정신의 영역만큼은 인간 따위가 넘볼 수 있는 게 아니다.

펜릴은 선택 사항 중 가장 최선을 택했다.

이 한 번의 울음으로 확실히 적을 제압할 수 있을 거라 믿어 의심치 않았다.

─이것이 너와 나의 눈높이……. 음?

의기양양하게 외치던 펜릴은 자신의 눈을 의심해야 했다.

공포에 질려 몸을 가누지 못해야 할 인간이 불쾌하기 짝이 없는 검을 휘두르고 있었던 것이다.

이럴 리 없다. 이건 뭔가 잘못되어도 한참이나 잘못되었다.

아우우우우!

펜릴의 울음소리에 깃든 힘이 느껴졌다.

위험하다. 본능이 신호를 보냈지만, 이미 늦었다.

내면 깊숙한 곳에서 스멀스멀 기어 올라오는 불쾌한 감정.

그건 두려움이었다.

'아차!'

최상위의 괴물이 지닌 권능을 예상하지 못한 건 명백한 그의 실수였다.

돌이키기엔 너무 늦었다.

두려움을 이겨 내기 위해 집중하고 또 집중했다.

하지만 그가 저항하면 할수록 두려움은 수면 위로 서서히 떠오르고 있었다.

내면에서 일어나는 전투가 얼마나 치열한지 쌀쌀한 날씨에도 정훈의 몸은 식은땀으로 범벅이 되었다.

두려움은 그의 저항이 무색하리만큼 내면을 쉽게 장악한 채 정신마저도 지배하에 놓으려 했다.

그런데 바로 그 순간이었다.

화악!

처음 입문자의 방에서 잠깐 나타났다 사라진 이마의 문양이 푸른 빛을 발산하기 시작했다.

전신에 청아한 기운이 스며들며 두려움이 다시 내면 깊숙한 곳으로 가라앉았다.

갑자기 스며든 이 청아한 기운은 뭘까.

지금 그는 그 어느 때보다 맑은 정신을 유지하고 있었다.

'궁금해할 때가 아니지.'

한가하게 의문이나 품을 시간은 없다.

바로 눈앞에 적이 있었다.

그것도 강력한 상대.

상념을 털어 버린 그는 에아를 쥔 손에 힘을 주었다.

몸속에서 활개 치는 기운을 검에 불어 넣었다.

창공의 기운이 검 주변을 넘실댔다.

마치 가을의 하늘과도 같이 높고 푸른 기운이 응축됐을 때였다.

"나의 검은 대지를 가르고……."

지면으로 늘어뜨린 에아를 하늘로 향하게 가볍게 휘둘렀다.

"하늘마저도 가른다."

하늘로 향한 검을 다시 지면으로 늘어뜨렸다.

콰콰콰!

지면과 하늘을 무수히 덮는 창공의 검기가 펜릴을 옭아매기 시작했다.

모든 방위를 점한 이 공격을 피하는 건 불가능에 가깝다.

특히 펜릴은 쇠사슬에 속박된 상태. 벗어날 수 있는 범위마저도 한정된 그에겐 사망 선고라 할 수 있었다.

-어딜 이따위 불쾌한 기운을 뿌리느냐!

나는 재앙이다!

펜릴의 털이 빳빳하게 일어섰다.

발가락 사이의 날카로운 발톱이 송곳처럼 삐져나왔다.

뒷발로 지면을 지탱한 채 일어서서 엑스 자 형태로 발톱을 그었다.

챠챠챵!

모든 물질을 파괴하는 강력한 발톱이 옭아매는 기운을 끊어 버렸다.

사방을 점한 검기의 감옥 한쪽 면이 뚫렸다. 몸을 빼기에 충분한 공간.

지면을 박찬 펜릴이 틈새 사이로 몸을 우겨넣어 간단히 빠져나왔다.

"하늘의 눈에서 그 누구도 벗어날 수 없다."

지면에 착지하는 그 순간을 노려 또 다른 격을 발동했다.

에아를 하늘 높이 던졌다.

시야에서 멀찍이 사라진 창공에서 푸른 빛이 번쩍이더니 이내 증식하듯 무한하게 늘어났다.

곧 비가 내렸다.

푸른 기운을 띤 비.

적이 있는 곳을 중심으로 반경 1킬로미터 내의 모든 것을 파괴하는 검의 비였다.

장엄한 광경 속 펜릴의 육신이 잔상을 남기며 빠르게 움직였다.

자신을 향한 검의 비를 하나하나 쳐 냈다.

그 속도는 공간을 초월할 정도로 빨랐다.

하지만 정작 펜릴의 경이로운 움직임을 주시하는 정훈은

태연한 모습이었다.

2개의 격을 발동해 에아를 잃었다.

하지만 에아는 한순간의 기회를 창출하기 위한 미끼에 지나지 않았다.

에아가 들어가고, 그 자리를 대신한 것은 휘어진 나뭇가지였다.

가지 끝에는 연한 황록색의 꽃 2개가 피어 있었는데, 이곳에서 불길한 핏빛 기운이 흘러나왔다.

빛의 아들 발더를 죽여 라그나뢰크를 부른 저주받은 나뭇가지, 미스틸테인.

"눈먼 가지가 생명을 앗아 갔도다!"

보통 전설급 무기는 2개의 격을 지닌다.

하지만 미스틸테인은 오직 하나의 격을 제외하면 다른 능력이 아무것도 없다.

그 격이 지금 발동했다.

같은 급의 무적기가 아닌 이상에야 절대 피할 수 없는 절대 명중의 권능.

푹!

펜릴이라고 예외는 아니었다.

뭉툭한 가지 끝이 살점을 파고들었다.

-크으.

설사 맨손으로 살점을 뜯어낸다 해도 신음하지 않을 자신이 있었다.

근데 이건 달랐다. 영혼을 갉아먹는 듯한 고통이 그를 신음하게 했다.

'됐다!'

혹여 미스틸테인마저 저항하지 않을까 염려했지만, 결과는 성공적이었다.

미스틸테인에 공격당한 적은 1분간 모든 방어력과 속도가 50퍼센트 하락된다.

더불어 다음으로 이어지는 첫 공격에 한해 무조건 명중하는 특수 효과가 발동한다.

극딜을 위한 최고의 조건이 마련된 셈이다.

재빨리 팔목에 아홉 겹의 금색 팔찌, 드라우프니르를, 허리에는 착용하는 순간 근력이 두 배 상승하는 전설급 허리띠 메긴교르드, 오른손에는 번개 능력을 대폭 상승시키는 쇠장갑 야른그레이프, 마지막으로 이 모든 것의 연결 고리인 묠니르를 들었다.

번개의 신 토르가 착용했다고 알려진 3개의 신기를 모두 착용하자 세트 효과인 에다의 보물이 발동했다.

"내가 곧 번개이니라!"

화신化身을 사용했다.

묠니르에서 뿜어져 나온 전류가 그의 온몸을 감쌌다.

3분간 모든 능력치가 패로 고정되며, 공격력, 방어력, 속성이 50퍼센트 상승, 생명력은 100퍼센트 증가한다.

전류가 흐르는 번개 인간이 된 그가 묠니르에 모든 힘을 집중했다.

화신으로 향상된 능력치, 메긴교르드로 부여된 2배 근력, 거기에 야른그레이프가 지닌 추가 속성 보너스까지. 이 모든 게 묠니르로 이전되었다.

파직, 파지직!

묠니르에 흡수된 힘은 번개의 힘으로 치환되었다. 이를 증명하듯 스파크가 어지러이 튀며 요란한 소릴 냈다.

묠니르가 더는 힘을 수용할 수 없을 지경에 이르러서야 팔을 크게 휘둘렀다.

"망치 나가신다!"

세트가 모이면서 추가된 묠니르의 격을 발동했다.

지니고 있는 모든 힘을 무기에 집중시켜 최후의 일격을 날렸다.

빙글빙글 회전하는 망치가 펜릴을 향해 똑바로 나아갔다.

기형적으로 짧은 손잡이 때문에 작아 보이는 망치임에도 펜릴은 그리 생각하지 못했다.

크다. 마치 거대한 산이 다가오는 기분이었다. 아니, 단순한 기분이 아니다.

묠니르에 담긴 힘은 거산이라 칭해도 무방할 정도였다.

피해야 한다.

광속으로 다가오는 망치를 피해 힘껏 지면을 박찼다.

강인한 뒷다리 힘으로 순식간에 공간을 접었다.

펜릴의 육신은 저 먼 곳을 향하고 있었다.

철그렁.

그러나 목에 묶인 쇠사슬이 이를 방해했다.

하지만 이 정도면 충분히 공격 범위에서 벗어났으리라.

펜릴은 그리 생각했다.

후웅후웅—.

귓가에 들리는 이건 묠니르가 틀림없다.

어떻게?

의문을 표할 시간은 없었다.

다시 한 번 도약하며 사방으로 도주했다.

그건 어리석은 발악일 뿐이었다.

미스틸테인의 능력으로 인해 묠니르는 공격을 받기 전까지 진 계속 따라다닐 테니까.

철컹, 철컹.

거듭된 도주로 쇠사슬이 요란한 소릴 냈다.

벗어날 수 없다.

펜릴은 지금 태어난 이래로 두려움이라는 감정을 처음 느끼고 있었다.

후웅!

고막을 때리는 이 바람 소리가 심장을 옥죄어 왔다.

그래도 미련을 버리지 못한 그가 쇠사슬이 닿는 범위 한도 내에서 이리저리 움직였다.

그 모습은 마치 도살장에 끌려가기 싫어하는 소와 같았다.

죽음을 직감한 불쌍한 동물.

지금 펜릴의 처지가 그러했다.

결국 벗어날 수 없는 운명임을 직감했을까.

펜릴의 움직임이 멈췄다.

-이대로 물러날 성싶으냐!

웬만하면 피하고 싶었으나 방법이 없음을 깨달았다.

묠니르에 맞서기 위해 전신의 힘을 끌어 모았다.

주둥이 사이로 송곳니가 길쭉하게 뻗어 나왔다.

그가 지닌 가장 강력한 무기인 신살神殺의 송곳니.

뒷발 근육이 한계 이상으로 부풀어 오르는 순간 지면을 힘껏 박차고 광속으로 나아갔다.

정면에는 묠니르가 무시무시한 기운을 뿜어 대며 날아왔다.

-크앙!

강인한 턱 힘으로 묠니르를 씹었다.

빠직!

그 힘을 이기지 못한 송곳니가 부서져 나갔다.

하나, 둘, 셋. 모두 3개의 송곳니가 부서지는 대가로 묠니르의 움직임을 멈출 수 있었다.

비록 송곳니 3개를 헌납해야 했지만, 회심의 일격을 막은 것이니 승리한 것이나 다름없다.

저길 보라. 필멸자는 지친 나머지 숨을 몰아쉬고 있지 않은가.

─크하하, 읍!

득의양양해하던 펜릴은 입안을 헤집는 고통에 더는 웃지 못했다.

비록 한 번의 공격은 실패로 돌아갔지만, 그에겐 드라우프니르가 지닌 특수 능력이 있었다.

1~9번까지 무작위로 추가 타격이 들어간다

물론 횟수가 늘어날수록 위력이 감소하긴 하지만, 한 번의 공격으로 큰 피해를 입은 펜릴은 이를 받아 낼 수 없을 것이다.

이번에는 네 번의 추가 타격이 발동되었다.

─크아아악!

회전하는 묠니르가 송곳니를 부수고, 흐르는 전류가 살점을 태웠다.

지금은 삼켜 버린 게 화근이었다.

─나는, 나는 죽지 않는다. 지옥에서 기어 올라와 네 녀석을 씹어 삼킬 것이다!

죽음을 직감한 펜릴이 저주를 내뱉었다.

"알아. 저 밑바닥에 인맥 있지?"

다른 재앙 중 하나가 밑의 세계, 헬하임을 다스리고 있다.

펜릴과는 남매 사이. 당연히 녀석의 죽음을 방관하진 않을 것이다.

그게 무슨 상관이랴.

'남매가 나란히 죽을 텐데.'

어차피 한 번은 헬하임에 방문하게 되어 있다.

그때 펜릴과 누이 모두 나란히 저세상으로 보내 버릴 것이다.

고통에 몸부림치던 펜릴의 떨림이 멈추었다.

–전체 안내 발송.

–지구 소속 입문자 한정훈이 세계를 삼키는 늑대 펜릴 정복.

–불후의 업적을 달성한 입문자 한정훈에게 모든 능력치 +100, 어둠 속성 +15퍼센트 부여.

–최초로 펜릴을 정복한 입문자 한정훈에게 '언령 : 멸망을 막은 자' 각인.

–펜릴을 정복한 입문자 한정훈에게 '언령 : 라그나뢰크' 각인.

–능력치 강 이하로 펜릴을 정복한 입문자 한정훈에게 '언령 : 반신을 죽인 자' 각인.

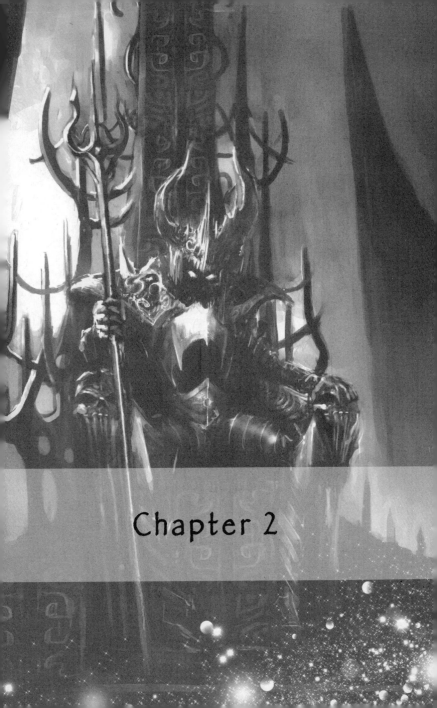

Chapter 2

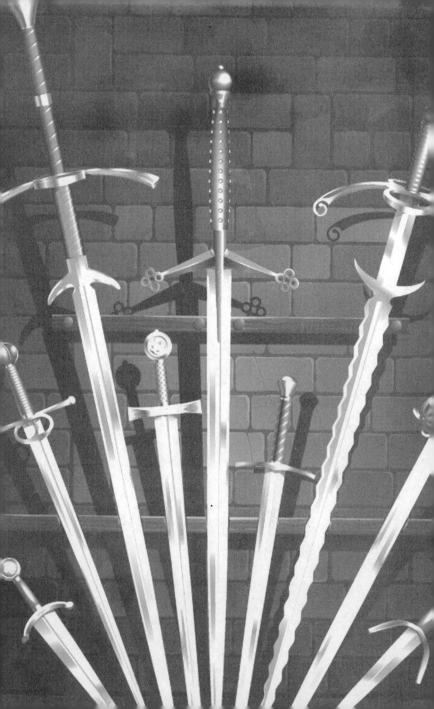

'전체 안내?'

정훈도 예측하지 못한 돌발 상황이었다.

그도 그럴 게 그가 했던 FT는 싱글로 하는 패키지 게임이었다.

그러니 전체 안내라는 이벤트 자체가 있을 턱이 없었다.

'쯧, 괜히 경계심만 키운 꼴이로군.'

혀를 챘다.

얕보는 가운데 뒤통수라도 칠까 싶었더니.

하지만 별수 없는 일이었다.

이토록 대단한 보상이 걸린 일인데 정체가 밝혀지는 것쯤은 감수하는 수밖에.

언령 : 멸망을 막은 자

획득 경로 : 최초로 펜릴 정복
각인 능력 : 숲의 영역에서 모든 능력치 +100, 모든 짐승 계열 몬스터에게
20퍼센트 추가 피해

언령 : 라그나뢰크

획득 경로 : 펜릴 정복
각인 능력 : 숲의 영역에서 모든 능력치 +50, 모든 짐승 계열 몬스터에게
10퍼센트 추가 피해

언령 : 반신을 죽인 자

획득 경로 : 능력치 강 이하로 펜릴 정복
각인 능력 : 근방 5미터 내에 있는 모든 짐승 계열의 몬스터 능력치 30
퍼센트 하락.

'휘유.'

많은 보상 중 고작 언령만을 확인했을 뿐인데도 감탄이 절로 나왔다.

이 세계에서 가장 많이 마주치는 몬스터가 짐승 계열이다.

발에 치일 정도로 많은 몬스터군에 추가 피해는 물론, 가까이 가는 것만으로 능력치를 하락시킬 수 있다는 건 엄청난 혜택임이 분명하다.

하지만 아직 놀라긴 이르다.

확인한 언령의 세부 창을 닫았다.

그의 시선은 펜릴이 쓰러진 곳으로 향했다.

영롱하게 반짝이는 아이템이 이리 오라고 손짓하는 듯했다.

기꺼운 마음으로 한달음에 달려간 그는 찬찬히 획득 아이템을 살펴보기 시작했다.

제일 먼저 눈에 들어온 건 긴 창이었다.

길이는 2.5미터쯤 될까?

핏빛으로 물든 일체형의 창이다.

특이하게 창의 날 부분이 중앙을 기준으로 갈라져 그 사이에 좁은 공간에 구슬과도 같은 형태의 황금빛 기운이 일렁이고 있었다.

절대 명중의 창 궁그닐.

주신 오딘이 애용하는 무기였으나 라그나뢰크가 일어났을 때 펜릴에게 삼켜져 버렸다.

지금까지 배 속에 보관되어 있었던 궁그닐이 마침내 세상의 빛을 보게 된 것이다.

성능은 역대급이라 칭할 만하다.

전설급 무기로, 절대 명중이라는 희대의 사기 속성을 지닌 최상급 무구였다.

궁그닐을 쥐고 한 바퀴 돌려 보았다.

손에 착 감기는 게 여간 마음에 드는 게 아니었다.

무구는 궁그닐만이 아니었다.

뜻밖의 아이템이 그를 반겼다.

'이건?'

검게 때가 탄 가죽 안대.

지혜를 위해 한쪽 눈을 잃어야 했던 오딘의 상징적인 물건이었다.

곧장 왼쪽 눈에 걸쳐 보았다.

'오!'

감탄사가 절로 나왔다.

분명 눈을 가렸는데 시야를 가리지 않는다. 아니, 오히려 더 잘 보였다.

한곳에 집중하는 것만으로 멀리 있는 사물이 가깝게 보였다. 마치 돋보기로 확대를 한 것처럼.

성능은 그게 다가 아니었다.

아까부터 느꼈지만, 머릿속이 맑아진 기분이었다.

상태 창을 열어 보자 기존보다 마력이 100 상승한 것을 알 수 있었다.

'시력과 마력에 영향을 주는가 보군.'

시력의 상승은 곧 상대의 움직임을 정확하게 읽을 수 있다는 것을 뜻한다.

움직임은 곧 공격의 궤적. 전투에서 보다 유연하게 움직일 수 있을 것이다.

이것만으로도 이름값은 하는 건데, 거기에 능력치 상승이라니.

이 능력치 상승 아이템은 극히 희귀한 편이다.

특히 마력은 격이나 무구의 능력을 끌어올리는 데 중요한 능력치가 아닌가.

수많은 무구를 지니고 있는 정훈도 대만족할 정도의 수확이었다.

'이 정도만 해도 만족…….'

그는 말을 잇질 못했다.

눈이 화등잔만 하게 커졌다.

맙소사.

이계에 온 이후로 이토록 놀란 적은 처음이었다.

"스킬 북!"

무구의 힘을 빌리지 않고, 본신의 힘을 극대화하는 법을 기록해 놓은 소비 아이템.

게임상의 한주먹 캐릭터도 드롭하는 방식으로는 고작 3개밖에 얻지 못했을 정도로 극악한 확률을 자랑한다.

뜻밖의 행운에 정신을 차릴 수 없다.

하지만 좋아하기엔 이르다.

외형만으로는 어떤 스킬인지 알 수 없다.

떨리는 손길로 스킬 북을 집어 펼쳤다.

화악!

펼쳐진 페이지에서부터 섬광이 터져 나왔다.

다시 눈을 뜨자 손안의 스킬 북이 사라져 있었다.

무사히 습득된 것이다.

황급히 상태 창을 열었다.

"떴다!"

자신도 모르게 소리쳤다.

대박. 그 말밖에는 표현할 길이 없었다.

스킬에는 두 가지 종류가 있다.

하나는 임의로 발동시켜야 하는 액티브 스킬, 습득한 것만으로도 효과가 적용되는 패시브 스킬이다.

전자와 후자 중 뭐가 좋냐고 묻는다면, 당연히 후자다.

액티브 스킬은 능력치나 상황에 따라 활용성이 떨어지는 게 많고, 거기에 숙련도까지 올려야 하는 번거로움이 있다.

하지만 패시브는 습득한 것만으로 다양한 능력치를 상승시키는 것은 물론 숙련도를 따로 올릴 필요 없기에 그 효용성은 비교할 게 아니다.

물론 이런 비교를 능가하는 대단한 스킬도 몇 존재하지만, 그 정도로 대단한 스킬을 하급(?) 늑대 따위가 줄 턱이 없었다.

'패시브라면 어느 정도 안심이긴 한데.'

그것도 확신은 아니다. 간혹 정말 쓸모없는 효과가 나올 때도 있으니까.

상세 정보가 필요했다.

스킬 창에 있는 '+'를 터치해 상세 정보를 띄웠다.

늑대의 야성(패시브)

효과 : 이동속도 +30퍼센트, 순발력 +10퍼센트
설명 : 고위 늑대가 지닌 권능. 야성을 지닌 자는 누구보다 빠르고, 날쌔게
움직일 수 있다.

기대는 빗나가지 않았다.

패시브 스킬 중에서도 수위를 다툴 만한 효과였다.

'벌써 이런 게 가당키나 해?'

본인도 놀랐다. 게임에선 더럽게 운이 없는 편이었는데,
여기선 좀 다르구나.

기뻐서 춤이라도 추고 싶으나 아직 확인해야 할 게 남아
있었다.

과연 재앙이라 불릴 정도의 괴물은 드롭 아이템도 달랐다.

힘과 생명의 씨앗, 암흑 속성을 2퍼센트 상승시켜 주는 가
공된 흑요석 2개, 유물 등급 이상의 각종 재료와 희귀하기는
전설급 무구보다 더한 펜릴의 고기, 그리고 마지막을 장식한
것은……

"이것으로 하나."

깨어진 파편에 아가리를 벌린 거대한 늑대를 새겨 넣은 그
것은 3대 재앙이 각기 하나씩 지니고 있는 증표였다.

미지의 영역을 개척하는 것을 낙으로 삼았던 탐험가 헤먼이 바라 마지않던 그것.

"앞으로 두 개."

나머지 2대 재앙을 처리하면 젖과 꿀이 흐르는 그곳으로의 길이 열릴 것이다.

물론 아직 멀었다. 증표를 얻는 길은 멀고도 험한, 인내와의 싸움이었으니까.

상념을 지우며 주변을 둘러보았다.

증표를 끝으로 펜릴의 전리품을 모두 챙겼다.

시간은 2시간이 지나 어느덧 오전 3시였다.

포털이 닫히기까지는 8시간의 여유가 있는 상황이다.

'좀 이르긴 한데.'

준형에게도 말한 바 있지만, 갈 거라면 늦게 가는 게 낫다.

어차피 포털 너머는 시간을 비틀어 놓은 덕에 빨리 가나 늦게 가나 모두가 도착하는 시간은 같도록 설정해 놨기 때문이다.

그건 누구보다 잘 안다.

문제라면…….

'할 게 없어.'

이룩해야 할 모든 것을 이뤘다.

더는 할 게 남아 있지 않았다.

'뭐, 내가 사라져 주는 게 여러모로 나을 테니.'

무료함을 달래기 위해 숲의 몬스터를 학살했다간 다른 입문자가 사냥할 게 없어진다.

괜한 분란을 만드느니 사라져 주는 게 모두를 위한 길일 터였다.

당장 벌거벗은 임금님 세트를 벗어 정상적인 차림새로 돌아왔다.

발끝에 힘을 주었다.

그 순간 한 줄기 바람이 되어 숲속을 달리고 있었다.

목적지는 팔락스 마을. 제2시나리오로 가는 포털이었다.

사방이 온통 하얀 공간.

무한히 뻗어 그 넓이조차 짐작할 수 없는 공간은 처음 사람들이 도착했던 입문자의 방과도 흡사했다.

다른 점을 꼽자면 셀 수 없이 많은 문이 아닌 고작 7개의 문이 있다는 것.

색상도 화려하다.

각기 빨, 주, 노, 초, 파, 남, 보라색. 무지개의 7개 색을 띤 문 앞에는 글씨가 새겨진 나무 팻말이 놓여 있었다.

마치 누군가를 기다리고 있는 듯한 풍경.

때마침 손님이 등장했다.

공간이 일그러졌다. 구겨지듯 이리저리 뒤틀리던 공간이
바람 빠지는 소릴 내며 찢어졌다.

찢어진 공간 너머로 팔이 나왔다.

이어서, 얼굴, 몸, 그리고 다리까지 무사히 빠져나왔다.

툭, 툭. 몸에 묻은 잔여물을 털어 냈다.

태연하다 못해 무심해 보이는 특유의 표정, 그리고 왼쪽
눈을 가린 검은 안대. 바로 정훈이었다.

새로운 공간에 도착한 그는 주변을 둘러보며 자신이 기억
하는 그곳과 일치하는지 확인 작업을 거쳤다.

결과는…….

'똑같네.'

기억과 다르지 않다.

앞으로 일어날 시나리오를 알고 있다는 것, 그건 참으로
편리한 능력이었다.

그리고 지금도 그 지식을 이용할 참이었다.

찬찬히 걸어 도착한 곳은 전면에서 가장 오른쪽, 빨간색
문이었다.

발밑에 꽂혀 있는 팻말을 응시했다.

　붉은 난쟁이 히루크 군단

　전투에서 뭐가 가장 필요하다고 생각하나?

　무식하게 버티는 강인함? 아니.

날쌘 움직임의 순발력? 아니.

신비한 속성을 다루는 마력? 아니.

근력이다. 오직 근력만이 전투의 승패를 좌우한다.

입문자를 영입하기 위한 광고 문구였다. 빨간색 문뿐만 아
니라 다른 문 앞에도 이런 광고성 문구가 기록되어 있었다.

주홍 난쟁이 레스토 군단

♣♣레스토 군☆단♣♣가입시$$전원 스킬 북☞☜100퍼센트
증정※ ◆속성 저항 보석◆무료 증정꽃특정 조건 § § 근력과
강인함3§ § ★★@@@즉시 이동

노랑 난쟁이 맨스틸 군단

넌 그저 평범한 입문자가 아니란다.

언젠가 인생의 중요한 결단을 해야 할 순간이 올 거야.

그때가 오면, 너는 어떤 입문자가 될 것인지 선택해야 한다.

강인한 자가 되든 힘만 센 무식한 놈이 되든.

너는 세상을 바꾸게 될 거야. 바로 강인한 남자로서.

몇 개 팻말을 보면 알 수 있듯 입문자를 영입하려는 적극
적인 의지가 드러난다.

그런데 여기엔 절대적인 조건이 하나씩 포함되어 있었다.

빨간 문은 근력.

주황 문은 근력과 강인함.

노랑 문은 강인함.

초록 문은 순발력.

파랑 문은 마력.

남색 문은 순발력과 강인함.

입문자의 선택을 요구하는 곳, 정훈은 이곳을 선택의 방이라 불렀다.

제1시나리오를 거친 모든 입문자가 개별적으로 배정받는 공간이었다.

7개의 문 앞에 선 입문자는 어떤 문으로 나갈지를 선택해야 한다.

물론 문 너머의 길에 대한 단서를 제공해 두었다.

당연한 말이지만, 자신이 지닌 능력치의 비중에 따라 선택하는 게 좋다.

가령 빨간 문을 선택하면 그곳에서 근력과 관련된 기본 장비와 스킬 등을 배울 수 있기 때문이다.

물론 반드시 능력치 성향에 따라 문을 선택할 필욘 없다.

근력이 높아도 주황이나 노랑 문을 선택할 순 있다.

대신 그에 따른 책임은 온전히 선택한 자의 몫이었다.

가장 현명한 선택은 능력치에 맞는 문을 선택하는 것이다.

단 한 곳, 보라색 문을 제외하면 말이다.

보라돌이 랄프

안 돼.

줄 거 없어.

돌아가.

대놓고 문전박대다.

'여길 선택하는 건 미친 짓이지.'

게임 플레이 중 이곳을 선택한 후 후회를 안 한 적이 한 번도 없었다.

결국엔 그도 포기할 수밖에 없었던 곳이었다.

하지만 지금 정훈은 그 미친 짓을 다시 하려고 한다.

보라색 문의 손잡이를 잡고 비틀었다.

철컥.

금속이 맞물리는 소리와 함께 문이 열렸다.

어둠을 품고 있는 문 너머.

그곳을 향해 거침없이 나아갔다.

빨리 감기를 하듯 사물이 급속도로 바뀌었다.

찰나의 시간이 지났을 때 그는 끝없이 펼쳐진 개활지에 도착해 있었다.

풀 한 포기 자라지 않는 황토색의 땅. 주변에 엄폐물 따윈 존재하지 않았다.

딱 한 군데, 전면에 세워진 낡은 천막을 제외하면 말이다.

천막을 향해 걸어갔다.

가까이서 본 천막의 상태는 더 형편없었다.

얼마나 오래 빨지 않았는지 때가 타다 못해 코팅되어 있고, 뚫린 구멍을 막기 위해 곳곳에 기운 흔적이 가득하다.

간이용 쉴 곳이라는 본래의 목적은 찾아볼 수 없는 폐기물 수준이었다.

드르렁, 드르렁.

코골이 소리가 요란하게 울렸다.

이 폐기물 속 누군가 단잠에 빠진 게 분명했다.

가로로 겹쳐진 천막의 입구 부분을 걷어 내며 천막 안으로 들어갔다.

"읍!"

순간 느껴지는 역한 향에 코를 틀어막았다.

보이는 건 쓰레기 더미였다.

종이, 옷, 음식물 등 온갖 쓰레기가 작은 동산처럼 쌓여 있었다.

그 쓰레기 동산의 정상, 그곳에는 불룩 튀어나온 배를 드러낸 채 코를 고는 난쟁이가 있었다.

신장은 1미터 이하. 체격은 다부지고, 얼굴엔 황갈색의 수

염이 덥수룩하게 자라나 있다.

"후우."

악취를 제거하는 아이템이 있으면 좋으련만. 숨을 깊게 들이마신 그가 속도를 냈다.

쓰레기 동산에 올라 그곳에서 단잠에 빠진 난쟁이, 랄프의 등을 떠밀었다.

"으러러러러라러!"

자는 도중 날벼락을 맞은 랄프가 괴랄한 비명을 지르며 아래로 굴러떨어졌다.

"어이쿠!"

착지하려고 한 게 잘못되어 엉덩방아를 찧었다.

강렬한 충격에 꼬리뼈 부근을 만지며 인상을 썼다.

"굿모닝."

"아, 씨팔, 깜짝이야."

자다가 떨어진 것까진 종종 있는 일이라 그리 놀라지 않았다.

하지만 낯선 이의 등장에는 펄쩍 뛸 수밖에 없었다.

"뭐, 뭐 하는 새끼야?"

뒤늦게 침입자를 발견한 랄프가 등 뒤의 도끼를 빼 들었다.

하지만 비대하게 살이 쪄 뒤뚱거리는 모양새가 그리 위협적으로 보이진 않았다.

'겉모습만 보면 영락없는 비만 난쟁이인데.'

정훈은 알고 있었다. 비만 난쟁이 랄프의 실력이 보통이
아님을.

예전 그의 전투를 지켜봤을 땐…….

'최소 나랑 동급, 혹은 그 이상.'

……이라 느꼈다.

물론 아이템을 사용하지 않은, 순수한 육체의 능력만을 비
교했을 때에 한해서였다.

하지만 그것만으로도 대단한 것이다.

고작 2막이다.

여기서 강의 능력치를 지녔다는 건 최강자라 불릴 만한 수
준이었다.

"진정해. 난 싸울 생각 없어."

손을 들어 싸울 의사가 없음을 표시했다.

의심 가득한 눈이 정훈을 훑었다.

"싸울 생각이 없는데 왜 남의 집에 쳐들어오고 지랄이야?
너 또라이야? 씨팔, 대가리에 화살 박았냐고. 엉?"

길길이 날뛰며 욕설을 내뱉는다.

물론 정훈은 이에 반응하지 않았다.

"준비해야지."

다만 자신의 할 말을 이어 갈 뿐이었다.

"준비는 뭔 준비. 이 새끼 진짜 또라이 아냐?"

"공성전."

"으, 으응?"

공성전이란 단어에 눈에 띄게 주춤한다.

"백설을 도와야 할 거 아냐."

동공에 지진이 온 것처럼 흔들렸다.

하지만 그 동요는 그리 오래가지 않았다.

조금 전과 달리 표독한 눈빛.

"아하! 백설, 그년의 끄나풀이었어? 내팽개칠 땐 언제고 이제 와 찾고 그러신대? 준비가 뜻대로 안 되나 봐? 거봐, 나 없으니까 후달리지? 후달리겠지, 낄낄낄."

분노했다가 정색했다가, 웃었다가. 조증이 제대로 도진 게 틀림없다.

"꺼져. 그년의 냄새를 풍기는 놈이랑 씨부릴 마음 없으니까."

휙 돌아앉는다. 미련 없는 듯 돌아섰지만, 귀를 쫑긋거리며 이쪽의 동향을 살피고 있었다.

'솔직하지 못하기는.'

미련이 남다 못해 몸이 근질거리고 있을 것이다.

결국 마지막 날에 공성전에 참여하는 것을 보면, 그 미련이 얼마나 큰지 알 수 있다.

가만히 내버려 둬도 공성전에 참전할 것이다.

하지만 그래선 안 된다.

이번 공성전은 압도적인, 100퍼센트의 활약도를 획득할 수 있는 중요한 일전이기에.

"억울하지 않아?"

"……."

대답은 없다.

"원래 백설은 널 가장 좋아했잖아. 안 그래?"

백설을 사랑했던 일곱 번째 난쟁이 랄프. 지금 정훈은 그 아픈 부분을 건드리고 있었다.

"중간에 껴든 왕자만 아니었으면 백설과 잘 먹고 잘살았을 텐데."

슬쩍 반응을 살펴보았다.

랄프의 어깨가 움찔움찔하고 있었다.

"왕자, 씨팔 새끼……."

씹어뱉듯 중얼거린다.

드디어 호응이 왔다.

"맞아, 씨팔 새끼지. 근데 그 새끼가 백설을 어떻게 채 갈 수 있었을까?"

"씨팔, 그 새긴 왕자잖아!"

중얼거리는 것도 아니다.

아예 몸을 돌린 채 적극적으로 호응하고 있었다.

"맞아. 왕자. 근데 왕자가 뭐가 좋은데?"

그의 물음에 선뜻 대답하지 못했다.

막상 왕자는 좋다, 대단하다는 인식이 있어서 그렇지, 어떤 부분이 좋은지에 관해선 생각한 바가 없었던 것이다.

"음, 돈이 겁나 많지."

"돈? 백설을 고작 돈에 넘어가는 싸구려 여자라고 생각하는 건 아니겠지?"

"그, 그래. 그건 아니지. 그럼 반반한 얼굴?"

"애초에 얼굴을 봤으면 진즉 널 선택했겠지."

여기서 상대를 띄워 주는 수완을 발휘했다.

"하긴, 내가 얼굴 하나는 좀 되지. 내가 한 번은 난쟁이 여자들…….."

"아니, 그건 됐고."

이야기가 길어지기 전에 끊었다.

"지금 백설에게 가장 필요한 게 뭔지 생각해 봐. 그녀는 지금 화려한 궁 생활에서 바닥으로 떨어졌다고. 너 같으면 어떨 것 같아?"

"좆같지, 씨팔!"

"그래. 그녀는 얼른 밑바닥 생활을 청산하고 다시 성으로 돌아가고 싶을 거야. 그런데 지금 성에는 원수인 왕비가 지키고 있어. 그럼 어떻게 해야 할까?"

"어쩌긴 뭘 어째? 왕비 년을 찢어 죽이고 성을 되찾아야지."

"그럼 답은 나왔네. 백설이 가장 필요한 것. 그건 바로 자신의 성을 되찾아 줄 힘이야. 그리고 왕자에게는 그런 힘과 세력이 있고, 너는 없지. 이제야 차이를 알겠어?"

자신이 알고 있는 정보를 부분적으로 각색해 사실처럼 만들었다.

대부분 거짓으로 꾸며 낸 이야기였다.

하지만 백설을 빼앗겼다고 착각하고 있는 랄프에겐 제대로 먹혔다.

"그, 그렇군. 내가 그걸 생각 못 하다니. 씨팔, 진즉 알았으면 백설을 허무하게 뺏기지 않았을 텐데. 아니지. 지금도 늦지 않았잖아. 그것만 해결되면 백설을 다시 내 곁으로……."

꿈꾸는 듯 몽환적인 눈으로 변한 랄프가 정훈을 응시했다.

"근데 세력을 어떻게 모으지?"

백설을 다시 차지할 수 있다고 생각한 것일까. 불안과 초조함이 그대로 묻어 나왔다.

"쯧, 아직도 머릴 못 굴리네. 귀찮게 세력을 왜 모아? 네겐 일당백의 용사들이 있잖아."

그 순간 랄프의 눈동자가 경악으로 물든다.

"서, 설마?"

"그래. 비밀결사대. 칠공주를 다시 소집하는 거지."

궁에 갇힌 백설을 구하기 위해 모인 바 있었던 전설의 비밀결사대, 칠공주를 재소집해야 할 시간이었다.

"네, 네 녀석이 어떻게 칠공주를 아는 거지?"

괜히 비밀결사대가 아니다. 적어도 지금까지 이들에 대해 알고 있는 건 랄프 자신과 백설밖에 없었다.

"내가 그걸 어떻게 알고 있는가가 중요한 게 아니지. 제일 중요한 건 칠공주를 소집해 스노우 성에 있는 왕비의 멱을 따고 백설을 돌려받는 것. 아냐?"

많은 생각을 할 틈을 줘선 안 된다. 백설에 대한 욕망을 부추겨 어떻게든 이번 일을 성사시켜야만 했다.

"그건 안 돼!"

예상과 달리 단호하게 고갤 저었다.

"씨팔, 내가 그년들을 찾아다니느라 얼마나 많은 희생을 치렀는지 알아? 개털 됐다고, 개털! 근데 다시 찾아오라고? 안 해, 아니, 못 해!"

본래 랄프의 위상은 이 정도가 아니었다.

가장 번성한 세력을 지닌, 일곱 난쟁이 중에서도 수장이라 할 만한 위치였다.

하지만 백설을 만나 모든 게 꼬여 버렸다.

우연히 성에 갇힌 그녀를 본 난쟁이는 사랑에 빠지고 말았다.

이에 간악한 왕비에게서 그녀를 구할 용사, 비밀결사대를 찾는 여정을 시작했다.

결과는 성공적이었다.

칠공주를 모아 백설을 구출하는 데 성공한 것이다.

물론 그 대가로 지니고 있던 모든 재력과 세력을 잃어야만 했다.

가장 잘나갈 때도 힘들게 이룬 일을 빈털터리가 된 지금 가능할 리가 없지 않은가.

"네가 갈 필요 없어. 내가 가면 되니까."

물론 정훈은 남의 손을 빌릴 생각이 없었다.

힘든 여정이 될 거란 건 알고 있지만, 어렵기에 더욱 가야만 한다.

'힘들수록 보상은 더 커지니까.'

예전엔 너무 벅차 포기해야만 했던 일이었다.

하지만 지금은 강에 이른 능력치와 수많은 무구가 함께한다. 반드시 성공할 자신이 있었다.

"품, 네 녀석이? 이거 완전 또라이 새끼네. 씨팔, 그걸 아무나 가능한 건 줄 알아? 내 모든 게 거덜 났다고! 근데 혼자서 하시겠다? 이게 미쳐도 단단히 미쳤네. 머리에 화살 박았냐. 엉?"

당연한 반응이다.

칠공주를 찾는 일로 그 강성했던 세가 몰락했다.

그만큼 힘들고 고된 일이다.

아무나 할 수 있는 일이었다면 지금 이러고 있진 않았을 것이다.

'이놈을 설득하는 것도 일이었지.'

문득 감상에 젖어 들었다.

새로운 루트를 뚫는답시고 보라색 문을 선택했었다.

그리고 찾아온 좌절.

칠공주를 소집하는 것도 아닌, 랄프를 설득하기조차 쉽지 않았다.

그런데 지금은 처지가 많이 달라졌다.

"저기 보여?"

정훈이 하늘을 가리켰다.

그곳엔 먹이를 노리는 거대한 대머리 독수리들이 공중을 선회하고 있었다.

선공을 가하는 일은 없다. 상처를 입거나 무방비 상태의 적을 노리는 개활지의 무법자들일 뿐이었다.

"뭐? 어쩌라고?"

랄프가 의문을 보낼 때, 정훈은 어느새 꺼내 든 활의 시위를 메기고 있었다.

어떠한 장식도 없는 나무 장궁의 활대가 팽팽하게 당겨졌다.

"내 화살은 결코, 빗나가지 않으니."

빛의 기운으로 뭉친 기의 화살이 시위를 떠났다.

팟!

대머리 독수리 하나의 목을 정확히 꿰뚫었다.

너무 갑작스러운 공격에 괴성도 지르지 못한 독수리가 지면으로 떨어졌다.

"뭘 보여 주려나 했더니. 씨팔, 고작 이거 가지고……."

활 솜씨가 꽤 괜찮은 듯 보이나 고작 이 정도로는 자신의 발끝에도 미치지 못한다.

실망감에 진한 욕지거리를 내뱉으려던 그는…….

"어으아?"

파파팟!

정훈은 쉬지 않고 시위를 메겼다.

조준이고 뭐고 할 시간도 없이 그저 당겼다가 뗐다.

놀라운 사실은 이토록 빠른 연사가 100퍼센트의 명중률을 자랑한다는 것이었다.

0.5초에 하나씩. 빛의 화살이 날아갈 때면 어김없이 대머리 독수리가 떨어졌다.

몇 분 지나지 않아 지면에는 수백 마리의 독수리 사체로 가득했다.

유물급 활, 페일노트의 격이 지닌 속사와 절대 명중으로 순식간에 대머리 독수리 무리를 전멸시켰다.

"더 보여 줄까?"

그의 물음에 랄프는 아무런 말도 할 수 없었다.

신기라 불릴 만한 활 솜씨는 자신이 보기에도 대단했다. 실력 면에서는 깔 게 없었던 것이다.

고집스럽게 입을 다문 랄프를 보며 옅은 미소는 지었다.

"나만 믿어. 내가 네 사랑의 큐피트가 되어 줄 테니."

"으음."

대놓고 유혹하는데 어찌 흔들리지 않을까.

랄프의 얼굴에 짙은 고뇌가 깔렸다.

그에게도 쉽지 않은 결정이었다. 비밀결사대에 관한 정보는 꽤 소중히 다뤄야 할 극비 중의 극비였으니.

과연 이를 처음 본 사내에게 넘겨도 될까? 고심하고 또 고심했다.

하지만 결과는 정해져 있는 거나 다름없었다.

사랑이라는 열망에 빠진 난쟁이는 정훈의 제안을 거절하지 못했다.

"썅, 뭔가 속고 있는 기분인 것 같은데……."

곧바로 대답하긴 그랬던지 일부러 시간을 끈다.

"너 이 새끼, 날 속이기라도 했다간. 아주 엉, 아주 좆 되는 거야."

도끼를 들어 목을 긋는 시늉을 했다. 그러나 여전히 비대한 몸과 짧은 키 때문에 위협적으로 보이진 않았다.

"물론."

"받아."

대답과 동시에 무언가 날아왔다.

포물선을 그리는 그것을 낚아챘다.

손바닥을 펴 보자 태양 모양의 브로치가 놓여 있었다.

"그 망할 년들이 숨는 재주 하나는 끝내줘서 말이야. 혹시 몰라 위치를 알려 주는 마법 표식을 만들어 뒀지."

백설을 구한 칠공주는 당연히 그래야 하는 것처럼 본래 있어야 할 자리로 돌아갔다.

혹시 그들이 다시 필요하지 않을까 염려했던 랄프는 위치를 표시하는 마법 표식을 만들어 뒀었다.

개털이 된 랄프를 찾아온 것도 이러한 이유 때문이었다.

매번 무작위로 변화하는 칠공주의 위치를 알려 줄 표시기가 필요했던 것이다.

"그건 일공주 라푼젤이라는 년의 위치를 알려 주는 브로치. 그년에게 가까이 갈수록 브로치가 빛날 테니까 찾는 건 어렵지 않긴 할 텐데. 쓰읍, 그 악랄한 마녀에게서 떼어 내는 게 문제지."

"오케이."

단서에 대해 말하려 했지만, 듣지 않았다.

다른 건 몰라도 라푼젤에 관한 정보는 귀가 따갑도록 들었었다.

브로치를 받아 들곤 천막을 나왔다.

"아나, 저 새낀 뭘 말하질 못하게 하네."

여전히 의심 가득한 눈초리의 랄프가 따라 나오며 뭐라 구시렁댔지만, 무시했다.

'시간이 넉넉하지 않아.'

현재 입문자들은 각자가 선택한 군단에서 신병 훈련을 받고 있을 터.

이 신병 훈련이 마무리되는 즉시 공성전이 열리게 될 것이다.

'30일.'

공성전이 열리기 전까지 30일.

정훈이 계획한 그 일이 성공하려면 30일이 지나기 전에 칠공주를 소집해야만 했다.

동남쪽에서 브로치의 반응이 나타났다.

이동속도 효과가 가득한 아이템으로 세팅한 후 쏜살같이 달려나갔다.

아이템과 언령 효과가 합쳐진 그의 움직임은 그야말로 광속이라 부를 만했다.

스쳐 지나가는 대다수의 몬스터는 안중에 두지 않았다.

다만 희귀한 요리 재료(?)가 발견되면 파리 쫓듯 엑스칼리버를 휘둘러 동강 내는 일은 있었다.

황무지의 악명 높기로 유명한 전갈, 코카트리스, 바실리스 등은 정훈에게 요리 재료 그 이상도 이하도 아니었다.

반나절 동안 쉬지 않고 달려가고 있을 때였다.

손안에 쥔 브로치가 환한 빛을 내기 시작했다.

목표에 점점 더 가까워지고 있었다.

그렇게 길을 서두르자 전면에 울창한 숲이 나타났다.

'제대로 찾아왔네.'

앞서 찾아본 적이 있는 숲이다.

아무도 찾지 않는 숲.

라푼젤이 마녀에게 끌려간 숲의 명칭이었다.

숲에 발을 들인 순간 황무지와는 전혀 어울리지 않는 아름다운 세계가 눈앞에 펼쳐졌다.

색색의 아름다운 풀과 꽃, 그리고 신비한 빛깔의 가루를 떨어뜨리는 나비들이 팔랑거리며 날아다녔다.

혹 방문자의 방심을 유도하기 위한 인위적인 환경이 아닐까 싶지만, 숲은 보이는 것처럼 정말 평화로운 곳이다.

몬스터는커녕, 인간에게 위해가 될 만한 짐승조차 찾아볼 수 없을 정도로 말이다.

그것을 알기에 한결 여유를 가지고 움직였다.

브로치의 안내를 받으며 숲의 가장자리까지 이동했다.

촤아악.

물 떨어지는 소리가 요란하게 울려 퍼졌다.

소리를 따라가자 폭포수가 흐르는 절벽이 나타났다.

햇볕을 반사한 물방울이 아름다운 무지개를 만들고, 물을 먹기 위해 온 동물들과 새들이 정답게 뛰어놀고 있었다.

하지만 정훈의 관심은 아름다운 풍경이 아니었다.

폭포수의 오른쪽, 기형적으로 생긴 탑이 보였다.

Z 자를 여러 개 엎어 놓은 것처럼 지그재그로 뻗은 탑은 마녀의 탑. 일공주 라푼젤이 갇힌 곳이었다.

브로치가 더 발할 수 없을 만큼 강렬한 빛을 내기 시작했다.

이제 위치 추적기의 쓸모는 다했다.

브로치를 보관함에 넣으며 대신 무구를 꺼냈다.

특이한 검이었다.

170센티미터 정도 되는 길이에 날은 조각조각 난 상태인데 서로 약간 간격을 둔 채로 붙어 있었다.

언뜻 보기엔 공중에 떠 있는 것과 같았다.

특이한 건 날만이 아니다.

그 흔한 손잡이도 없이 맨몸을 드러내고 있었다.

사용자의 편의는 쥐똥만큼도 생각하지 않은 검.

정훈은 아무런 망설임도 없이 날카로운 날의 밑 부분을 잡았다.

'설마 죽진 않겠지.'

날을 잡은 손이 아닌 탑 안의 누군가를 위한 걱정이었다.

하지만 괜한 걱정이라는 것을 안다.

애초에 '절대 방어'라는 명성을 가지고 있는 자였다.

그러니 털끝 하나 다치지 않을 것이라 확신했다.

마침내 결정을 내린 그가 탑을 직시했다.

검을 쥔 손과 허리를 뒤쪽으로 빼며 투검하기에 좋은 자세를 유지한 채였다.

"일검에 산을 허문다."

성물급 무구이자, 대살상 무기인 파산검破散劍의 격을 발동했다.

정훈의 기운을 잔뜩 머금은 파산검이 대기를 찢으며 날아 갔다.

피잉, 피잉.

조각난 날 사이에 바람이 들어가며 날카로운 소릴 냈다.

변화는 그 순간부터 이루어졌다.

바람의 저항이 날을 밀어내듯, 점차 날 사이의 거리가 벌어진다. 벌어진 날 사이는 녹색의 기가 대신했다.

거리가 멀어질수록 기의 크기는 커져만 갔고, 탑에 닿기 직전에는 거산과 비견될 정도로 덩치를 불린 뒤였다.

콰콰콰쾅!

날아가는 힘 그대로 탑을 들이박았다.

예리함은 없었다. 대신 폭탄이 터지듯 엄청난 폭발이 일어났다.

투툭, 투투툭.

에너지의 폭발과 함께 충격파와 파편, 그리고 흙먼지가 날아들었다.

한 치 앞도 분간할 수 없는 흙먼지 속.

정훈은 이 모든 것에 방해를 받지 않은 채 시야를 확보하고 있었다.

시야를 방해하는 곳 너머를 들여다볼 수 있는 능력. 오딘의 안대가 지닌 능력 중 하나였다.

흙먼지 너머 탑은 본래의 모습을 추측하기 힘들 정도로 폭삭 무너진 상태였다.

본래 탑이 있어야 할 자리에는 부서진 잔해와 반짝이는 전리품이 대신했다.

탑 안에 있던 수많은 몬스터가 무슨 일이 일어났는지도 모른 채 몰살당한 것이다.

탑의 주인인 마녀 또한 예외는 아니었다.

한 방에 네임드를 처치하다니. 이런 일이 가능한 건 파산검이 지닌 특징 때문이었다.

대살상이라는 말이 어울리게 적이 많이 뭉쳐 있으면 있을수록 그 피해는 더욱 증가한다.

탑 안에는 무수히 많은 몬스터가 운집해 있었다.

좁은 지형에 사방을 가로막은 괴물, 그 살인적인 난이도를 실감할 수 있으나 오히려 이게 정훈에게는 좋게 작용했다.

탑 안에 들어가 불리한 싸움을 할 이유가 없다.

대살상 무기인 파산검을 이용해 탑째 지워 버린 것이다.

방비했다면 모를까, 갑자기 탑에 직격으로 꽂힌 데다가 낙석으로 인해 피해마저 중첩되어 탑에 있는 모든 생명이 말살되었다.

단, 하나의 존재를 제외하면 말이다.

부스럭.

부서진 잔해가 꿈틀거린다.

오딘의 안대를 착용한 정훈의 눈은 이를 놓치지 않았다.

'역시.'

이런 위력에서 살아남을 존재라면 오직 하나뿐.

우르르.

잔해가 쏟아지고, 누군가 모습을 드러냈다.

그건 사람이라 부를 수 있는 형태가 아니었다.

햇볕을 닮은 금색 머리칼.

이 머리칼이 온몸을 칭칭 감다 못해 둥근 공 형태로 말려 있었다.

"라푼젤."

끊임없이 자라는 마력의 머리칼을 지닌 존재.

자신의 이름을 들어서일까, 황금 공이 몸을 살짝 돌렸다.

머리칼 속의 틈이 살짝 벌어졌다.

그리고 그 어두운 틈 사이로 사파이어를 닮은 눈동자가 반짝였다.

그녀에게 다가가기 위해 한 발자국을 떼자, 놀란 말미잘처럼 머리카락이 움직여 빈틈을 숨겼다.

'소심의 끝. 그리고 간절한 하나의 소망.'

시나리오를 진행하는 여러 가지 루트 중 랄프를 죽이고 얻은 라푼젤의 정보.

소심한 그녀는 좀처럼 머리칼 밖으로 나오지 않는다.

물론 사람들과 교류를 원하지도 않았다.

웬만해선 모습을 드러내지 않는 그녀를 꼬드기기 위해선 평범한 것으론 어림도 없다.

랄프는 그녀에게 세계에서 하나뿐인 황금 빗을 선물했다. 그것으로 라푼젤의 물욕은 사라졌다.

이젠 그 어떤 것을 준다 해도 움직이지 않을 것이다.

그럼 어떻게 해야 할까.

평소 품고 있는 간절한 소망을 미끼로 던져 주어야만 한다.

정훈이 접근하는 거리만큼 황금 머리칼은 더욱 공고하게 그녀를 감싼다.

더욱 가까이 다가가 팔을 뻗을 거리가 되었을 때는 석고상 처럼 단단하게 굳어 있었다.

'절대 방어인가.'

지난날 공성전에서 본 광경이 잊히지 않는다.

수천수만의 병세의 공격을 담담히 막아서는 무적의 탱커, 그것이 라푼젤이 지닌 가치였다.

마력의 머리칼은 그 어떤 물리, 마법적인 공격을 허용하지 않는다.

그 머리칼 속에 몸을 숨긴 지금 그녀를 해할 수 있는 건 존 의 능력치, 혹은 불멸급 이상의 무구가 필요할 것이다.

"라푼젤, 듣고 있지?"

그녀를 잡을 유일한 미끼를 던질 시간이었다.

가타부타 반응이 없다.

이 정도 가까운 거리의 말소리가 안 들리진 않을 터.

정훈은 계속 할 말을 이어 갔다.

"아버지와 어머니를 찾고 있다고 들었는데."

미동 없던 머리칼이 들썩였다.

그녀의 유일한 소망, 그건 바로 부모님을 찾는 것.

"내가 찾을 수 있도록 도와줄게."

"……."

꽤 긴 시간 동안 정적이 찾아왔다.

미끼를 던진 정훈은 숙련된 강태공처럼 입질이 오기만을 기다릴 뿐, 더는 밑밥을 던져 주지 않았다.

그것이 더 몸을 닳도록 했을까.

"믿을 수 없어요."

기어드는, 아주 작은 목소리가 머리칼 너머로 들려온다.

"우리 부모님을 어떻게 알고 있죠? 아니, 제가 부모님을 찾고 있다는 건 어떻게…… 핫! 혹시 그걸 미끼로 제게 무슨 짓을 하려고 하는 거 아닌가요? 그, 그 책에서 보던 이렇고 저렇고, 꺄아!"

소심한 주제에 의심도 많고 상상력도 풍부하다.

"일기는 일기장에다 쓰고. 정 의심되면 머리칼 밖으로 나오지 않으면 되잖아. 그 속이 안전하다는 건 누구보다 잘 알고 있을 텐데?"

"이 상태면 움직일 수 없잖아요."

"넌 가만히 있으면 돼. 내가 안전하게 모셔다 드릴 테니."

여러모로 나쁘지 않은 제안이다.

"뭘 원하는 거죠?"

이토록 호의를 보인다면 바라는 게 있을 터. 의심 많은 라푼젤이 이를 놓칠 리가 없었다.

"별거 아냐. 나랑 같이 저기 저, 하얀 성으로 쳐들어가 왕비를 죽이는 것. 그거면 돼."

별거 아니라는 식으로 말했지만, 별거 아닌 게 아니었다.

수만의 엄선된 강병이 지키고 있는 성으로 쳐들어가 그들의 수장을 죽이겠다니.

보통은 욕설부터 날아왔을 것이다.

"좋아요."

하지만 이미 한 번 스노우 성을 넘어 본 전력이 있는 라푼젤은 흔쾌히 받아들이는 듯했다.

"단, 조건이 있어요."

물론 간단한 승낙이 아닌, 조건부였다.

"말해 봐."

"먼저 부모님을 찾아 주세요."

"그건 당연한 거고."

"또 하난 저의 옛 동료들, 그들 여섯 명이 함께여야 해요."

"그것도 걱정 마."

"부모님을 찾아 준다 해도 동료들이 없으면……."

"알아. 나머지 여섯 명도 찾을 테니 걱정하지 마."

어차피 공성전을 치르기 위해선 나머지 여섯 명의 도움은 필수였다.

"좋아요. 그 두 가지 조건이 갖추어지면 기꺼이 당신을 돕겠어요."

모두 예상하고 있었던 일이었다.

"나중에 딴소리나 하지 마."

"약속은 반드시 지킬 테니 당신이나 그, 음...... 딴생각 품지 마세요."

무슨 말을 하려 했는지 목소리가 기어들어 간다.

'부끄럽다면서 왜 이리 밝혀?'

굳이 계속 들먹거리는 것으로 봐선 저 답답한 탑에서 그렇고 그런 내용의 책을 섭렵한 게 틀림없다.

위험한 여자 같으니.

라푼젤을 그리 정의한 그가 그녀를 안아 들었다.

꺄아거리는 라푼젤의 괴성(?)을 듣지 않은 척, 무시하며 달렸다.

목표는 남쪽. 히루크 군단의 거점이 있는 붉은 난쟁이의 영지였다.

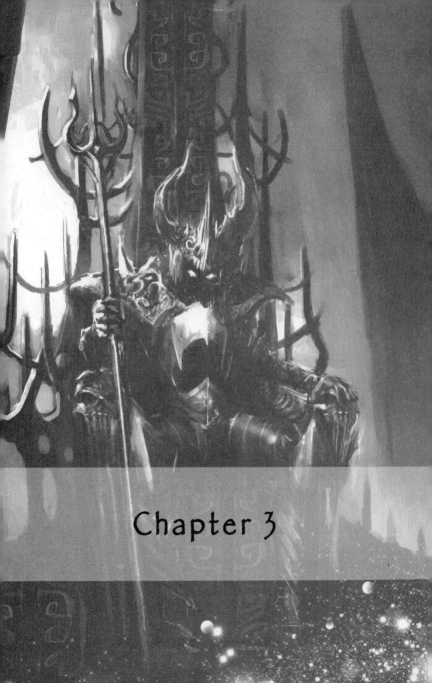

Chapter 3

　노총각. 불효자식. 밥버러지. 덕후. 쓰레기.

　사내 장진수를 수식하는 세간의 평가다.

　솔직히 본인도 인정하는 바였다.

　서른여섯 살이 될 때까지 번듯한 직장 하나 구하지 못했고, 집에서 게임을 하거나 혹은 부모님의 돈을 갈취해 치킨이나 사 먹는 인생이었으니.

　내 인생은 끝났어.

　서른 살이 되던 해부터 그는 뭔가를 노력하려는 시도조차 하지 않았다.

　부모님, 그리고 주위의 잔소리에도 내 할 일은 내가 알아서 한다며 성질만 내기 일쑤였다.

그렇게 한바탕할 때마다 세상과의 문을 닫은 채 가상의 공간, 게임에 빠져 지내길 6년.

마침내 그는 기회를 얻을 수 있었다.

"이건 FT잖아!"

평소와 같이 상큼하게 밤을 지새운 후 눈을 뜬 그를 반긴건 입문자의 방이었다.

최근 1년간 빠져들었던 살인적인 난이도의 게임, 그 세상이 현실로 펼쳐진 것이다.

처음엔 믿지 않았지만, 모든 게 게임과 똑같았다.

꿈? 아니었다. 그리고 꿈이 아니길 바랐다. 이 세계에서 그는 부모의 등골을 빼먹는 쓰레기가 아니었으니까.

지난바 지식을 이용해 남들보다 빠른 성장을 할 수 있었다.

물론 처음엔 괴물을 상대하는 게 두렵기도 했다.

하지만 어차피 쓰레기 같았던 인생, 더는 물러설 곳이 없기에 앞으로 나아갈 수 있었다.

그렇게 1막이 끝나고. 그는 휘하에 1천 명이 넘는 길드원을 거느린 패왕 길드의 수장으로 거듭났다.

2막에서도 그 위치는 흔들리지 않았다.

능력치 편중에 상관없이 모두에게 빨간 문을 선택하도록 강요했다.

앞으로 어떤 일이 일어날지 알고 있었기에 자신에게 유리한 방향을 제시한 것이었다.

1천 명의 부하를 거느린 입문자의 입단. 곧 있을 공성전에 대비해야 하는 히루크로서는 환영할 만한 일이었다.

이에 특별히 패왕 길드를 독자적인 부대로 인정, 진수 자신은 천인장이라는 높은 위치에 올라설 수 있었다.

고작 신병의 지위에 있는 다른 입문자들과 다르게 천인장이다.

지위에 따른 보상이 뒤따르는 건 당연한 일이다.

희귀급의 장비와 근력 관련 스킬 2개를 받았다.

이후는 승승장구였다.

다른 시나리오에 묶여 있었던 입문자들을 규합해 3천인대로 성장시켰으며, 히루크 군단 내에서도 몇몇 간부를 제외하면 넘볼 수 있는 지위를 구축할 수 있었다.

군단에서 지급한 막사 안.

호피가 깔린 바닥 위, 엉성하게 만든 간이 의자에 앉아 있는 건 3천인대의 대장 진수였다.

휘하의 부하들을 이끌고 온 공으로 얻게 된 붉은 갑옷과 멋들어진 장식의 장검이 상징과도 같이 허리에 매달려 있었다.

"무료해."

턱을 괴고 있는 그의 표정엔 무료함이 가득했다.

하루하루를 다람쥐 쳇바퀴 돌아가듯 살았던 예전과는 또 다른 무료함이었다.

　오직 정상에 선 자만이 느낄 수 있다는 권태로움. 그것이 지금 진수에게 찾아온 낯선 감정이었다.

　그도 그럴 게 무료함을 느낄 정도로 모든 일이 탄탄대로였던 것이다.

　굳이 신경 쓰지 않아도 휘하의 부하들은 날이 갈수록 불어갔고, 지금에 와선 입문자 중 가장 큰 세력으로 성장했다.

　그뿐인가. 얼마 전에는 주력 능력치인 힘이 경에 달하는 등 그야말로 독보적인 위치에 설 수 있었다.

　정점을 찍다시피 한 지금은 소강상태. 더는 올라갈 자리가 없었다.

　"히루크는 사기 캐라 건드리기 그렇고."

　하나 남은 자리가 있다면 군단장, 히루크의 자리였다.

　하지만 게임의 지식이 있는 그에겐 감히 넘볼 수 없는 산이었다.

　예측으론 능력치는 강. 게다가 유물급 이상의 아이템으로 도배한 녀석에게 덤비는 건 계란으로 바위를 치는 격이다.

　되도록이면 오랫동안 권력을 유지하고 싶은 진수에겐 절대 해서는 안 될 선택이었다.

　결국, 사냥을 통한 능력치 노가다와 최근 맛들이기 시작한 게 남았다.

"유리를 불러야지."

그녀를 생각하자 욕정이 치민다.

권력과 함께 따라오는 게 여자였다.

특히 3천인대를 꾸린 이후로 그에게 셀 수 없이 많은 접근이 있었다.

대놓고 유혹했고, 못 이기는 척 넘어갔다.

현대에선 뭇여성들에게 모멸 어린 시선만을 받았다.

하지만 처지가 달라진 지금은 또 다른 희열을 느낄 수 있었다.

최근 관심 갖고 있는 건 유리라는 스무 살 여대생.

무용을 전공한, 소위 말하는 얼굴도 몸매도 되는 퀸카였다.

그녀를 부르기 위해 몸을 일으켰다.

멀리 갈 필요도 없이 막사를 지키고 있는 호위 병력에게 전달만 하면 끝이다.

치미는 욕정을 잠시 억누르며 막사 입구로 걸어갔다.

"기, 길드장님!"

하지만 그보다 앞서 막사의 입구가 열렸다.

갑작스레 모습을 드러낸 건 그의 심복이라 할 수 있는 부장, 재호였다.

"무슨 일이지?"

욕정이 씻은 듯 사라졌다.

다급한 재호의 표정에서 뭔가 심상치 않은 일이 벌어졌음을 느낀 것이었다.

"적의 침입입니다!"

"적? 여왕군인가?"

히루크 군단은 백설과 왕자의 연합 세력 중 하나다.

그러다 보니 당연히 스노우 성의 여왕군과는 심심치 않게
충돌하곤 했다.

"아닙니다. 소속이 불분명합니다."

불분명한 소속이라……. 도대체 누구지?

의문만 더해 갔다.

"적의 규모는?"

"그, 그게…….'"

망설이며 바로 대답하지 못했다.

"규모는?"

인상을 찡그린 채 추궁했다.

"두, 두 명입니다."

"뭐, 뭐?"

잘못 들은 게 아닐까.

그는 자신의 귀를 의심했다.

"현재 교전 중인 적은 두 명입니다. 아, 두 명이라곤 하나
실질적으로 전투에 참여하는 건 한 명…… 으힉!"

채 말을 잇지 못했다.

그의 어깨를 친 진수가 저 멀리 사라져 가고 있었다.

날카롭게 벼린 창이 옆구리를 찔러 들어왔다.

이 위험한 상황에 사내는 안색 하나 변하지 않았다.

손날을 세우자 그 주변으로 안개와 같은 흐릿한 기운이 맺혔다.

일반적으로 알고 있는 스킬과는 다르다. 그렇다고 아이템의 효과도 아니었다.

이른바 기의 유형화라고 불리는 것.

능력치가 강에 이르게 되면 무형의 에너지인 기를 유형화할 수 있는 능력이 생긴다.

물론 사내의 경지는 그리 능숙하지 않은, 이제야 시작하는 초보의 단계에 불과했다.

스윽.

하지만 그 위력마저 미약하진 않았다.

피육으로 이루어진 손날이 창을 반으로 갈라 버렸다.

"왁!"

믿을 수 없는 광경에 도리어 공격한 이가 당황해 비명을 터뜨렸다.

퍽!

관자놀이에 꽂히는 사내의 주먹은 그의 의식을 날려 버리기에 충분했다.

적은 하나가 아니다.

주위 사방을 점한 수십의 적이 각각의 무기를 들이댔다.

느린 듯, 하지만 빠르게.

춤을 추듯 유연하게 움직이자 마치 무기가 스스로 빗겨 나간 것처럼 그의 육신을 스쳐 지나갔다.

손발이 날아들었다.

자세에 상관없이 방향, 각도 등 다양한 곳에서 하얀 궤적이 그어졌다.

파팍!

어지러이 날아드는 손발에 적들이 쓰러졌다.

고작 숨 한 번 내쉴 짧은 시간 동안 쓰러진 적만 열 명이었다.

놀랍게도 사내의 주변에는 가을에 떨어지는 낙엽처럼 수백 명이 쓰러져 있었다.

사소한 말싸움에 이은 전투였다.

그것이 10여 분 만에 일어난 결과라면 믿겠는가.

그것도 오직 박투술만을 이용한 것이니 그 무력의 차이를 쉬이 짐작할 수 있었다.

사내는 날뛰는 맹수이자 무신武神이었다.

주춤.

그를 에워싼 적들이 슬그머니 물러났다.

압도적인 무력의 차이는 이미 실감했다.

더는 싸움의 의미가 없다고 판단한 것이다.

주위를 둘러싼 수천의 병력 그리고 그곳에 홀로 선 사내.

이 믿을 수 없는 현장에 진수가 도착했다.

"으음."

눈앞에 펼쳐진 광경에 신음했다.

무능한 부하들에 대한 화는 나지 않았다.

그도 바보는 아니다.

고작 한 명에게 수백이 당했다면, 수백이 모자란 게 아닌, 그 한 명이 뛰어나다는 사실은 충분히 인지하고 있었다.

다만 궁금했다. 이 정도의 실력을 지닌 이가 누구인지.

오만하게 선 사내를 응시했다.

나이는 30대 정도 되었을까. 그리 특별한 것 없는 외모와.

'길가메쉬의 여정!'

흰 바탕에 붉은 줄무늬가 인상적인 제복이었다.

그것은 유일급 세트 아이템인 길가메쉬의 여정이다.

한때 저 무구를 착용한 채 노가다를 뛴 적이 있었던 진수는 한눈에 알아볼 수 있었다.

'저게 어떻게 벌써 나왔지?'

길가메쉬의 여정이 드롭되는 곳은 최소 5막, 그것도 안정적으로 얻기 위해선 6막 정도는 진행해야만 한다.

2막에 불과한 지금은 결코, 등장해선 안 될 무구인 것이다.

'주민?'

도저히 같은 입문자라곤 생각할 수 없었다.

아니, 지금은 주민이든 입문자든 그게 중요한 게 아니었다.

"그만!"

우렁찬 진수의 외침이 사방으로 뻗어 나갔다.

그것이 진수의 명령임을 확인한 이들이 전열을 정비했다. 그래 봐야 사내를 중심으로 둥글게 포위망을 형성하는 것 이상은 할 수 없었지만.

"비켜."

진수가 포위망 사이를 뚫고 사내에게 다가갔다.

가까이서 본 사내는 조금 특이했다.

뭔가 이상이 있는지 왼쪽 눈을 검은 안대로 가리고 있었고, 옆에는 황금 덩어리(?)가 함께였다.

뭐지 저건. 순간 궁금증이 들었지만, 중요한 건 덩어리 따위가 아니다.

"히루크 군단 3천인대 대장 정진수라고 합니다. 소속을 밝혀 주시겠습니까?"

소속에 힘을 주어 말했다.

자신의 뒤에 군단장 히루크가 있음을 은근히 내비친 것이다.

"한정훈. 소속이랄 건 없어."

사내, 정훈이 짧게 답했다.

고작 자신의 이름 석 자를 말했을 뿐이지만.

"한정훈!"

"저 사람이?"

그 파장은 엄청났다.

곳곳에서 웅성거리는 소란이 일었다.

규율이 엄격하기로 유명한 곳임에도 좀처럼 소란이 진정되질 않았다.

한정훈. 그 이름은 이미 입문자들 사이에 화제였다.

단 한 번도 들은 적 없던 전체 안내를 통해 알려진 이름이기 때문이다.

'이자가?'

새삼 그를 응시했다.

전체 안내. 게임에선 경험한 적 없었지만, 얼마나 대단한 업적이면 모두에게 알렸겠는가.

저 무력과 무구의 상태로 봐선 거짓말은 아닐 것이다.

"오, 반갑습니다. 굉장히 핫한 분을 이렇게 직접 보게 될 줄은 몰랐네요."

웃는 낯. 겉으로는 친근한 척 굴었지만…….

'저걸 가질 수만 있다면…….'

그의 눈동자에 탐욕이 어렸다.

희귀급만 지녀도 입문자 사이에서 독보적인 위치에 설 수 있다.

그러니 유일급이라면 어떨까?

그것도 아이템 획득 확률 증가라는 어마어마한 옵션의 아이템이라면…….

할짝.

마른 입술을 혀로 핥았다.

충분히 위험을 감수할 만한 일이다.

더욱이 그는 무구를 얻는 아주 간단한 방법을 알고 있었다.

아직 살인의 경험이 없는 이들은 모르겠지만, 입문자가 같은 입문자를 살해하면 상대가 지닌 모든 아이템을 회수할 수 있다.

실제로 진수 본인도 경험이 있었다.

지인의 아이템을 가로채기 위해 기꺼이 살인도 감행할 정도로 그는 이 세계에 적응한 상태였다.

'자신의 실력을 과신한 것 같다만, 여긴 그리 호락호락하지 않단다.'

비록 독립 부대이긴 하나 엄연히 이곳은 히루크 군단의 영역. 자신을 공격한 것은 곧 히루크에게 덤비는 것과 마찬가지다.

빌미는 상대가 제공했다.

이젠 히루크를 불러 녀석을 상대하게 하고, 일종의 연극과 함께 막타를 친다면…….

'아이템은 내 거지!'

하지만 그 전에 정훈이 도망가지 못하도록 묶어 둬야 한다.

"이런 소동을 피울 정도면 뭔가 볼일이 있는 것 같습니다 만……."

일단은 소란을 일으킨 목적으로 말문을 열었다.

"너희 부대에 캐비와 레리스라고 있지?"

"캐비와 레리스?"

순간 누굴 말하는지 몰라 중얼거렸다.

"아!"

그러나 곧 떠올릴 수 있었다.

3천인대 대장으로 지위가 승격하면서 특별히 무구를 제작할 대장장이들을 부대에 편입시켰다.

서로를 부부라고 소개한 두 사람의 이름이 캐비와 레리스였다.

"혹 대장장이 부부를 찾아오신 겁니까?"

"뭘 하고 있는진 모르지만, 이름이 같다면 내가 찾는 사람이겠지."

말이 짧다. 평소의 그라면 길길이 날뛰었겠지만, 웃음 뒤에 칼날을 숨겼다.

"흐음. 그들을 찾는 이유라도?"

"여기, 잃어버린 딸을 찾아왔거든."

그러면서 황금색 덩어리를 툭 친다.

데구르르 구른 황금 덩어리가 진수의 발 앞에 멈췄다.

"딸요?"

"그래. 18년 전에 잃어버린 소중한 딸."

의아한 시선이 뒤따랐다.

자꾸 덩어리를 사람이라니.

"날 미친놈처럼 보잖아. 말 좀 해."

연이어 말을 요구한다. 정말 미쳐도 단단히 미친 게 틀림
없었다.

"어어, 저기……."

뭐라 말을 이을지 판단하지 못하고 있을 때였다.

"라푼젤이에요."

그건 분명 덩어리였다.

그런데 그 덩이 안에서부터 사람의 말소리가 들렸다.

"어엉?"

당황한 진수가 의문을 표했다.

"라푼젤이라고요……."

그러자 다시 기어드는 목소리가 나왔다.

아까보다 더 작아져 집중하지 않고 있었다면 벌레가 지나
가는 줄 알았을 것이다.

"아, 안에 있는 건가요?"

"네에……."

도대체 무슨 독특한 취미를 지녔기에 저런 덩어리가 되어
다니는 걸까?

'가만. 라푼젤? 어디서 많이 들어 본 것 같은데.'

물론 들어는 봤다. 그림형제의 유명한 동화 속 인물이니까.

하지만 기억에 라푼젤이란 이름은 동화와 연관된 게 아니었다.

'어디서였더라……'

잡힐 듯 잡히지 않는 기억의 파편.

'뭐, 어디서 들어 봤겠지.'

하지만 중요한 일전을 앞에 두고 한가로이 이를 떠올릴 시간은 없었다.

결국 그는 떠올리길 포기했다.

"아, 그런 사정이 있었군요."

그러더니 안쓰러운 눈빛으로 덩어리, 라푼젤을 바라봤다.

"18년 동안 떨어져 있었다니, 쯔쯔. 그런 사정이 있었다는 걸 알았으면 이런 소동도 벌어지지 않았을 텐데."

웃으며 네 녀석이 소동을 일으켰음을 주지시켜 주었다.

하지만 상대에겐 별다른 반응이 없다. 그저 무심한 얼굴로 바라볼 뿐이었다.

'새끼, 되게 아니꼽네.'

"그들도 내 부하. 서로에게 좋은 일이니 기꺼이 만나게 해 드리죠. 여기서 잠시만 기다리고 있으면 얼른 가서 데려오겠습니다."

속마음과는 전혀 다른 말. 진수는 연기에 익숙했다.

"기다리지."

그의 대답에 진수의 얼굴에 웃음꽃이 피었다.

주위를 돌아보았다. 여전히 경계심 가득한 부하들의 눈초리가 매섭다.

"다들 뭔가 오해가 있었나 본데, 그렇게 무섭게 째려보지 말라고. 잠시 쉬고들 있어."

주위를 둘러싼 부하들에게 우스갯소리를 던졌다.

그와 동시에 옆을 지키던 부장, 재호에게 다가가 말했다.

"철저하게 감시해. 도망가지 않도록 잘 붙잡아 두고."

"알겠습니다."

그제야 안심하며 그 자릴 벗어난다.

점차 멀어지는 진수의 뒷모습을 무심한 정훈의 눈동자가 뒤쫓고 있었다.

"그냥 보내는 거예요?"

줄곧 침묵을 지키던 라푼젤이 먼저 말문을 열었다.

"그냥 보내지 않으면?"

"빤하잖아요. 뭔가 수작을 부리는 것 같은데……."

진수의 행동.

그건 세상 물정 모르는 라푼젤이 보기에도 여간 수상한 게 아니었다.

"수작도 통하는 상대에게나 통하는 거지. 난 괜찮아. 얼마든지 부리라고 해."

"네. 좋겠네요, 자신감이 넘쳐서."

허물없이 대화한다.

이곳, 붉은 난쟁이의 영지로 오는 시간이 꼬박 사흘이었다.

아무리 소심한, 그리고 무심한 두 사람이라 해도 어느 정도의 대화를 할 수밖에 없었고, 조금은 친해졌다. 아니, 친해졌다는 건 라푼젤만의 생각일 것이다.

정훈에겐 공성전에 필요한 일종의 관계 유지에 지나지 않았다.

"그분들이 정말 제 부모님이 맞을까요?"

"틀릴 일은 없어. 특별히 값비싼 아이템을 사용했으니까."

기억의 수배서. 정훈이 라푼젤의 부모를 찾기 위해 사용한 아이템이었다.

찾고 싶은 이를 간절히 바라고 수배서를 집으면 그 사람의 얼굴과 이름, 그리고 대략의 위치가 나온다.

라푼젤에게 남은 부모의 기억으로 수배서를 작성했으니 틀릴 일은 없었다.

"네에."

정훈이 지닌 온갖 희귀한 아이템을 경험한 바 있는 그녀로서는 반박할 수 없었다.

이후 대화가 끊어졌다.

깊은 생각에 잠긴 라푼젤이 더는 말문을 열지 않은 탓이었다.

기묘한 정적이 장내에 휘감아 돌고 있을 무렵이었다.

"오네."

기다리던 손님들이 다가오고 있었다.

진수가 보였다. 그의 뒤를 따라 열 명의 난쟁이도 함께였다.

일렬로 맞춰서 오는데 그중에서도 가장 중앙에 있는 난쟁이가 가장 눈에 띄었다.

머리칼은 물론 수염, 심지어 착용하고 있는 무구 모든 게 붉은색 일색이었다.

정훈을 발견한 그의 두 눈이 새빨갛게 충혈되었다.

"우와와!"

괴성과 함께 지면을 박찬다.

그 힘이 얼마나 강한지 지면이 움푹 파일 정도였다.

발사된 탄환처럼 매섭게 쇄도한다.

그의 목표는 정훈. 어느새 손에 든 양손 도끼를 힘차게 내리찍었다.

콰앙!

어마어마한 힘이 실린 혼신의 일격이 정훈을 강타했다.

충돌과 함께 충격파가 주변을 휩쓸었다.

"으아아!"

휩쓸린 몇몇이 나동그라질 정도로 어마어마한 파괴력.

도끼가 닿은 부분은 달의 표면과 같은 접시 모양의 웅덩이
가 생겨나 있었다.

"하핫!"

자신이 만든 작품을 감상하며 호쾌한 웃음을 터뜨렸다.

상대의 안위 따위는 안중에도 없었다.

어차피 이번 일격에 흔적도 없이 사라졌을 테니. 그, 붉은
난쟁이 히루크는 그리 확신했다.

"고작 이런 놈에게 고전하다니. 진수, 단련이 부족한 거
아닌가?"

자신을 이곳으로 이끌고 온 진수를 돌아본다.

"아, 네네. 그런 것 같습니다. 군단장님."

얼떨결에 대답하는 그의 속은 새까맣게 타 있었다.

'힘만 센 무식한 새끼. 어떻게 한 방에 끝내냐고!'

입문자 간의 결투로 인정받기 위해선 전투에 기여하는 부
분이 있어야만 한다.

하지만 무식한 힘 괴물 히루크가 한 방에 끝내 버린 것이다.

'그나저나 이 미친 힘은 정말.'

도무지 끝을 가늠할 수 없는 엄청난 위력. 이 일격을 감당
할 수 있는 입문자가 있을까.

고개를 흔들었다.

적어도 지금 2막에선 불가능한 일이었다.

그의 시선이 히루크가 손에 든 양손 도끼로 향했다.

바람개비 모양의 3개의 날이 특징인 붉은 도끼는 파라슈. 파괴의 신 시바의 힘이 깃든 유물급 무기였다.

안 그래도 무식한 힘을 지닌 데다가 착용자의 근력을 한계까지 이끌어 주는 파라슈의 능력은, 파괴력만 보더라도 2막의 모든 존재 중 단연 최상이라 할 수 있다.

그 증거가 눈앞에 있다.

지름 5미터에 달하는 거대한 구덩이. 피와 살로 이루어진 존재가 만들었다곤 상상할 수 없는 파괴력이었다.

"그만 가자."

제멋대로 날뛰던 침입자 하나의 죽음, 그 이상도 이하도 아니었다.

볼일을 마친 히루크와 그의 부관들이 막 자리를 뜨려던 중이었다.

쿵!

지면을 통해 작은 진동이 느껴졌다.

"무슨 소리지?"

부관 하나가 의문을 표했다.

쿠쿵!

진동의 세기가 더욱 커졌다.

모두의 시선이 한곳으로 향했다.

조금 전 히루크가 만든 구덩이.

그곳에서부터 진동이 발생하고 있었다.

파악!

무언가가 흙더미를 뚫고 솟구쳤다.

"호오?"

그 정체를 확인한 히루크가 반색했다.

몸에 묻은 흙을 털어 내는 건 정훈이었다.

그리고 여전히 머리칼의 둘러싸인 덩어리, 라푼젤이었다.

"괜찮네."

일격에 대해 짧은 평을 내뱉었다.

과연 힘세고 오래가는 난쟁이라는 평가를 들을 정도의 괴
력이었다.

엑스칼리버에 깃든 능력, 왕의 축복을 사용하지 않았다면
뼈아픈 피해를 받았을 정도였다.

하지만 그런 일은 일어나지 않았다.

피해는 없었다.

다만 내리 누르는 힘에 의해 지면에 파묻혔을 뿐이었다.

"와하, 내 일격을 막은 녀석은 오랜만이야. 이거 오늘 힘
좀 쓰겠는데?"

상대와의 전투를 통해 희열을 느끼는 변태 일족다운 발언
이었다.

"받은 게 있으니 돌려줄게."

받은 만큼 돌려준다. 이 신념을 관철하기 위해 창을 뽑아
들었다.

창의 머리부터 일체형인 붉은 창, 궁니르가 그 자태를 뽐냈다.

"영혼마저 꿰뚫는 붉은 섬광!"

순간 붉은빛이 번쩍였을 뿐이었다.

푸콱!

섬뜩한 파열음과 함께 히루크가 쓰러졌다.

이 전설급 창은 단단한 유물급 방어구는 물론 육신마저도 간단히 꿰뚫었다.

무언가 느낄 새도 없었다.

빛이 번뜩이고 시체 하나가 생겨났다.

"대장!"

함께 온 부관들이 재빨리 히루크의 상세를 살폈다.

가슴 전체를 뚫는 커다란 구멍. 일격에 즉사였다.

"네 이놈!"

"대장님의 복수를!"

갑작스러운 죽음과 함께 분노가 찾아들었다.

광기에 휩싸인 부관들이 정훈을 향해 쇄도했다.

"아악! 왜 이렇게 일을 키우는 거예요?"

라푼젤의 입장에선 단지 부모를 찾으러 왔을 뿐, 이토록 일이 커질 줄은 예상하지 못했다.

"이렇게 쉽게 죽을 줄 몰랐지."

말은 그리했지만, 확실히 알고 있었다.

이 상황은 모두 정훈이 유도한 것이다.

'생각보다 시간이 걸릴 것 같으니 세력을 줄여 놔야겠어.'

아직 라푼젤을 끌어들이지 못했는데 벌써 나흘이 지났다.

남은 여섯 명까지 끌어들인다고 생각하면 시간이 촉박할 수밖에 없었다.

이 시간을 줄일 방법이 없으니 다른 방향으로 생각을 전환했다.

공성전 시기를 늦추면 되는 것 아닌가.

그러기 위해선 백설과 왕자의 연합군을 괴롭힐 필요가 있었다.

그 시작은 동선이 겹치는 붉은 난쟁이 일족.

군단장 히루크의 죽음은 시작에 불과했다.

달려오는 난쟁이들을 바라보며 무기를 바꿔 들었다.

각기 붉은색 수실과 푸른색 수실이 달린 평범해 보이는 장검 한 쌍. 유물급 세트 무기인 자웅일대검이었다.

한 쌍의 검과 함께 난쟁이들에게 맞서 달려갔다.

팟!

마치 땅을 접어 움직이는 것처럼 공간을 도약하자 사정거리에 난쟁이들이 들어왔다.

"으랍!"

놀랄 정도로 빠른 움직임이었다.

하지만 전장의 경험이 풍부한 난쟁이들은 당황하지 않았다.

각자 무기를 휘둘렀다.

철퇴, 곤봉, 창, 도끼 등, 가지각색의 무기가 서로 다른 방향으로 짓쳐 들어갔다.

오랜 시간 함께해 온 특유의 연계. 그 공격은 사방의 방위를 점하며 피할 수 있는 틈을 주지 않았다.

찰나에 불과한 순간, 정훈이 집중력을 발휘했다.

난쟁이들과 그의 시간이 어긋났다.

분명 상대는 빠르게 움직이고 있지만, 정훈에겐 더없이 느리게 보였다.

강에 이른 순발력의 동체 시력, 그리고 오딘의 안대가 불러온 효과였다.

어긋난 시간 속. 정훈이 검이 춤을 추었다.

챠챠챵!

푸른, 그리고 붉은 궤적을 그린 자웅일대검이 자신을 향한 모든 무기를 쳐 냈다.

키잉!

귓가에 울리는 이명.

오딘의 안대가 적의 가장 취약한 부분을 붉게 표시해 주었다.

가장 붙어 있는 난쟁이의 오른쪽 허벅지를 베었다.

푸확!

단단한 갑옷을 그대로 베어 버리자 피가 튀었다.

신음은 없었다.

이를 앙다문 난쟁이는 자신을 공격한 후 생기는 상대의 빈틈을 노려 반격을 가할 뿐이었다.

기개는 인정할 만하다. 하지만 현격한 실력의 차이는 기개만으로 메꿀 수 있는 게 아니었다.

섬광이 번뜩일 때마다 난쟁이들의 피해가 늘었다.

정훈이 지닌 자웅일대검, 이 한 쌍의 무기가 갖춰지면 쾌속 속성이 발동한다.

그러지 않아도 강에 이른 순발력, 거기에 쾌속 속성마저 더해지자 그 속도를 따라잡는 건 불가능한 일이었다.

"크으!"

깊게 허리를 베인 첫 희생자가 나오자 그들의 연합은 걷잡을 수 없이 무너졌다.

뜨거운 차가 식기 시작할 정도의 시간, 아홉 명의 난쟁이는 그 시간을 버티지 못한 채 모두 쓰러지고 말았다.

"쏴라!"

하지만 소중한 시간을 번 셈이다.

어느새 전열을 정비한 궁수 부대가 화살을 쏘아 댔다.

하늘을 수놓은 화살의 비.

"야, 이 미친 새끼들아!"

"씨발, 아직 남아 있다고!"

"사, 살려 줘!"

아직 몸을 빼지 못한 진수의 부대가 상당수 남아 있었다.

물론 난쟁이들은 이들을 신경 쓰지 않았다.

그들에게 입문자란 쓸모 있는 도구 그 이상이 아니었기 때문이었다.

죽음을 가리키는 까마귀 떼처럼 하늘을 검게 물들인 화살이 날아왔다.

"분열하라!"

이를 지켜보던 정훈이 소리쳤다.

자웅일대검의 특수 능력이 발동했다.

한 쌍의 검이 진동하자 마치 여러 개의 분신인 것처럼 잔상을 만들었다.

진동과 함께 자신의 몸 주위로 한 바퀴 돌린 후 화살이 날아오는 방향을 향해 검을 뻗었다.

놀랍게도 잔상이라고 생각했던 검의 분신이 화살을 향해 날아갔다.

파파파팟!

수백 개 검의 분신이 날아오는 화살과 부딪치며 박살을 냈다.

단 하나의 화살도 정훈이 만들어 낸 검의 분신을 벗어나지 못했다.

화살을 부러뜨린 것만으로 기세를 잃지 않은 검의 분신은 그대로 궁수 부대를 향해 나아갔다.

"방패병!"

대기하고 있던 방패병이 궁수 부대 앞 열에 섰다.

몸을 가릴 정도의 커다란 사각 방패로 궁수를 보호하려 했다.

콰콰콱.

"크아악!"

하지만 그 위력이 얼마나 대단했던지 단단한 방패를 그대로 부숴 버렸다.

손쉽게 궁수 부대의 화살과 방패병을 처리한 정훈이 힘차게 도약했다.

활을 날릴 틈은 없었다.

어느새 궁수 부대의 한 중간에 떨어진 정훈의 검이 다시 한 번 춤을 췄다.

"크악!"

"끄윽!"

얼마 지나지 않았지만, 궁수 부대는 궤멸에 가까운 사상자를 내야만 했다.

정훈의 검은 쾌속했고, 무자비했다.

보병 부대가 다가와 근접전을 펼쳤지만, 그들이라고 예외일 순 없었다.

뿌우웅!

힘찬 나팔 소리가 전장에 울려 퍼졌다.

썰물 빠지듯 병력이 양쪽으로 갈라지며 산양을 탄 난쟁이 부대가 등장했다.

전투 훈련을 받은 산양과 함께 적을 짓밟아 버리는, 붉은 난쟁이 일족에서도 가장 강하다고 정평 난 부대였다.

"돌격!"

고작 한 명의 적을 무너뜨리기 위해 전투 산양 부대가 돌격했다.

두두두두.

지나가는 자리에 진한 흙먼지가 피어올랐다.

모래 폭풍이 부는 듯 사나운 기세. 이번에야말로 정훈을 짓이겨 버리겠다는 의지가 느껴졌다.

'누구 마음대로.'

기마병의 최대 약점이 무엇인가.

보관함을 열어 무기를 바꿨다.

그가 꺼낸 건 일견 평범해 보이는 나무 곡궁과 역시 평범한 나무 화살이었다.

한 손에 들어올 정도로 작은 곡궁에 화살을 메겨 시위를 당겼다.

그러자 그의 등 뒤로 거대한 환영이 나타났다.

그것은 나무 곡궁으로, 지금 정훈이 시위를 메긴 곡궁을 1천 배 확대한 형상이었다.

끊어질 정도로 팽팽하게 시위를 당긴 후 이를 놓자 화살이 피잉 소리를 내며 날아갔다.

피잉!

등 뒤에 나타난 환영 또한 마찬가지였다.

화살 하나가 날아왔다.

하지만 그건 일반적인 화살이 아니었다.

뒤를 바짝 추격하는 거대한 화살의 환영은 보는 것만으로도 압도되어 얼이 빠질 지경이었다.

천 근의 무게를 지녔다는 천근활과 천근살. 이 강력한 유물급 무구의 격이 그대로 부대를 관통했다.

"⋯⋯."

외관상 어떠한 변화도 없어 보였다.

털썩.

잠시 후 산양을 비롯한 난쟁이들이 모두 쓰러졌다.

천근활의 공격은 정신적인 피해.

화살의 환영에 꿰뚫린 순간, 뇌는 육신이 꿰뚫린 것으로 인식해 의식을 잃은 것이다.

정신력이 굳건하지 못한 대다수 난쟁이는 목숨을 잃을 정도로 강력한 정신 공격이었다.

일격에 일족이 자랑하는 부대가 쓰러졌다.

"이건 꿈인가?"

히루크의 죽음과 함께 지휘관의 자리에 오른 쵸팡.

그는 자신의 눈을 비비며 다시 한 번 눈앞의 광경을 확인했다.

꿈은 아니다. 그렇다고 허상도 아니었다.

단 한 사람에 의해 본대가 궤멸에 가까운 타격을 입었다. 이 믿을 수 없는 일이 현실이었다.

격이 다른 정훈의 무력에 모두가 놀랐다.

하지만 그들 중에도 특히 경악한 이가 있었다.

'씨이팔, 망했다!'

바로 진수였다.

상대가 강하다는 건 짐작하고 있었다.

그런데 막상 대면한 힘은 상상을 초월하는 것이었다.

'튀자.'

뒤에서 수를 쓴 건 모두가 알고 있는 사실이다.

현 상황에선 도주만이 답이었다.

남겨질 길드원에 관한 건 뒷전이었다.

그것도 살아 있을 때나 누릴 수 있는 권력이지, 죽으면 모든 게 끝이었으니까.

보관함에서 신속의 날개를 꺼냈다.

30초간 폭발적인 속도를 낼 수 있게 해 주는 소모성 아이템.

재시작이 불가능한 이곳에서 살아남기 위해 가장 먼저 준비해 둔 것이었다.

곧바로 아이템을 사용하려던 그때였다.

"거기까지."

덤덤한 음성이 귓가에 파고들었다.

스걱.

"어?"

허전한 느낌이 드는 양팔을 바라봤다.

"으으으아아악!"

손목 부근까지 사라져 있었다.

그 자리를 대신하는 건 분수처럼 뿜어져 나오는 새빨간 피였다.

"뭘 놀라? 다른 사람의 목숨을 노렸으면 내가 죽을 수도 있음을 생각했어야지."

다 넘어갈 수 있다.

하지만 자신을 노렸다면 응당한 대가를 받아야 한다. 이에는 이, 목숨에는 목숨으로.

무심한 그의 눈동자가 목 언저리를 훑었다.

푸른 궤적이 목을 스친 순간…….

푸확!

잘린 목에서부터 뿜어져 나온 피가 지면을 적셨다.

탐욕을 부린 대가는 죽음. 휘하에 3천 명의 부하를 둔 최강 입문자의 허무한 끝이었다.

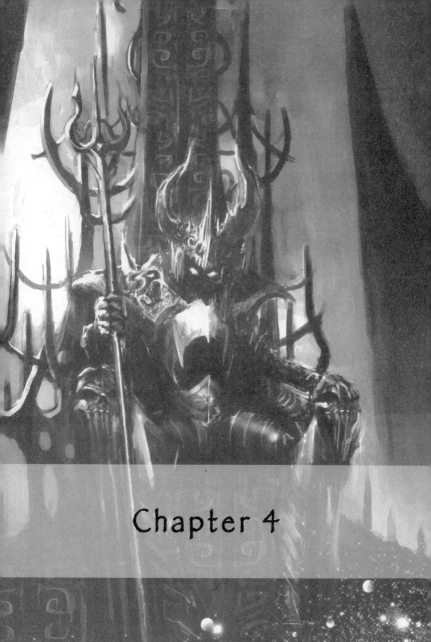

Chapter 4

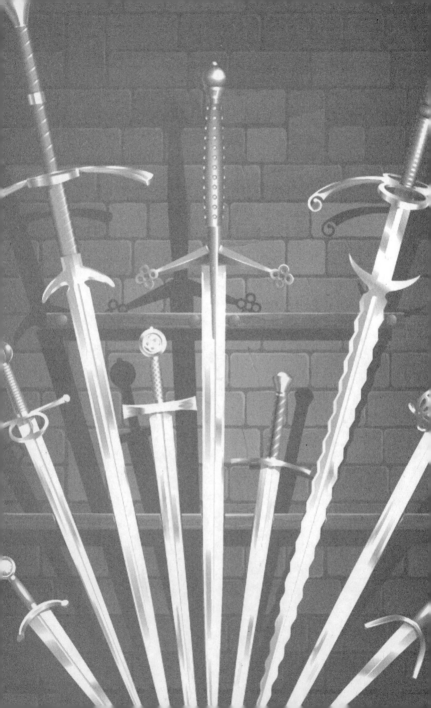

펄럭.

백기가 휘날렸다.

고대로부터 백기를 든다는 건 항복을 의미하는 것. 그것은 이계에서도 마찬가지였다.

도망가려는 진수를 처치한 후에도 일방적인 학살의 양상은 변하지 않았다.

한 명이다. 고작 한 명.

고작 이 한 명이 붉은 난쟁이 일족을 전투로 몰아갔고, 결과는 대패였다.

그는 혼자인 것으로 평가할 수 없는 힘을 지니고 있었다.

물론 일신의 무력도 무력이지만, 보관함에서 쏟아지는 강력한 무구는 붉은 난쟁이 일족을 말 그대로 찢어발겨 버렸다.

더는 버틸 여력이 없다고 판단한 쵸팡이 뒤늦게 패배를 인정했을 땐 병력의 70퍼센트가 넘는 타격을 받고 난 뒤였다.

무려 3만의 군세를 자랑하는 군단이 고작 1명을 당해 내지 못하고 패배를 승복하는 순간이었다.

이 믿기지 않는 일에 모두가 아연실색했지만.

"그러게, 하지 말라니까."

마치 이런 결과를 예측하고 있었다는 듯 혀를 찼다.

전투가 벌어진 장소에서 멀리 떨어진 협곡. 지형적 이점으로 전투를 관망하던 무리는 정훈과 함께 1막을 치렀던 입문자들이었다.

전투가 일어나기 불과 30분 전. 입구를 지키는 경비와 말싸움을 벌이는 정훈을 발견한 그들은 놀랄 수밖에 없었다.

이 괴물을 여기서 다시 보게 될 줄은 몰랐던 것.

그와 엮이면 어떤 식으로든지 결말이 좋지 않다는 것을 알기에 돌아가는 상황을 유심히 지켜봤다.

예상했던 것처럼 상황은 좋지 않았다.

정훈을 알지 못했던 그들은 무례한 침입자를 응징하려고만 했다.

자칫 몰살당할 수 있는 위급한 상황이었다.

이에 진수의 심복인 재호를 찾아가 설득했지만, 통하지 않았다.

오히려 고작 1명을 두려워한다며 타박만 들을 뿐이었다.

정훈의 악랄함을 알고 있었던 그들은 결국, 도주를 선택했다.

긴밀한 연락을 통해 길드원들을 소집한 그들은 부대를 떠나 협곡에 올라와 사태를 관망하고 있었던 것.

결과는 예상했던 대로였다.

무려 3만의 부대를 압도적인 무력으로 찍어 누른 정훈의 승리였다.

"하여간 저 괴물 녀석, 도대체 뭘 먹고 저리 강해진 거야?"

"아니. 애초에 우리랑 같은 사람인지가 의심스러운데."

여전히 괴물 같은 실력이었다. 전투를 지켜본 이들의 입에서 감탄에 감탄이 이어졌다.

"우리야 다행이지. 저런 괴물이 있다는 걸 알고 있었으니까."

격렬하게 동의했다.

만약 1막에서 정훈을 만나지 못했다면 저기 누워 있는 저들과 다를 바 없는 신세가 되었을 것이다.

"또 하나. 길드장님을 만난 것도."

그들 모두 협력 길드에 소속된 이들이다 보니 준형을 언급하지 않을 수 없었다.

"일이 이리될 걸 어떻게 아셨는지. 정말 대단하신 분이라니까."

그 증거인 은색 깃털을 꺼냈다.

그것은 2막 포탈에 들어가기 전, 준형이 몇몇 길드원에게 나눠 준 모임의 깃털이었다.

사용하는 즉시 지정된 대상에게로 돌아가는 소모성 아이템이다.

놀랍게도 준형은 지금과 같은 일을 예상하곤 언제든 자신에게 돌아올 수 있도록 조치했던 것.

그중 깃털을 나눠 받은 5번대 대장 유설희. 그녀는 정해진 계획에 따라 깃털을 날렸다.

사르르.

공중에 떠오른 깃털에서 은색 가루가 떨어지기 시작했다.

곧 영역을 확장한 가루가 45명 전원에게 닿은 그 순간…….

팟!

마술처럼 그 자리에서 사라졌다.

협곡에 남겨진 발자국만이 누군가 있었다는 흔적을 알려주고 있었다.

"원하는 게 뭐냐, 인간?"

얼굴을 구긴 쵸팡이 물었다.

패자는 말이 없는 법. 승자가 요구하는 조건은 그 무엇이

든 들어줄 수밖에 없었다.

"캐비와 레리스를 데려와."

정훈의 요구 사항은 바뀌지 않았다.

"캐비? 레리스? 그게 누구지?"

쵸팡에겐 낯선 이름이었다.

"진수라는 녀석의 부대에 소속된 대장장이 부부."

"대장장이 부부?"

"그래."

미심쩍은 눈초리가 뒤따랐다.

"요구 조건은 그게 단가?"

"그래."

"정말 그거면 되는 건가?"

"그래."

이어지는 대답에 놀람과 흥분으로 점차 동공이 커졌다.

설마 그게 전부란 말인가.

"고작 그 이유로 이 많은 이들을 죽인 거냐?"

정말 사소한 이유였다. 고작 인간 두 명을 데려오기 위해 이런 학살을 자행했단 말인가.

"나도 이러고 싶진 않았어. 살고 싶어 발악하다 보니 이렇게 된 거지."

결국, 시작은 너희가 했다, 정훈은 그리 말하고 있었다.

"하, 하하!"

어이가 없어서 눈물이 날 지경이다.

일평생 일궈 놓은 군단이 궤멸됐는데, 그 이유가 경멸하는 인간 부부 때문이라니.

힘만 있다면 눈앞에 인간을 갈기갈기 찢어 버렸을 것이다.

하지만 그럴 수도 없었고, 시도조차 해선 안 된다.

남은 병력이라도 살리려면 비굴하게 기는 수밖에 없었다.

"하아."

빠르게 체념했다.

엎질러진 물은 주워 담을 수 없는 법.

"그들을 데려와라."

명령을 내렸다.

얼마 지나지 않아 난쟁이들이 끌고 온 두 사람.

대장장이 작업복을 입은 중년 사내와 앞치마를 두른 중년 여인이었다.

'똑같네.'

수배서에 그려진 얼굴과 똑같았다.

"저, 저희를 부르셨다고……."

대장장이는 심하게 떨고 있었다. 그럴 수밖에 없는 게 수만의 병력을 죽인 괴물 앞이었으니 이런 반응이 당연했다.

"가 봐."

옆에 있던 라푼젤을 떠밀었다.

정훈을 지나 부부 앞까지 구른 라푼젤은 손이 닿을 법한 거리에서 멈춰 섰다.

"히익!"

갑자기 굴러오는 라푼젤에 놀란 부부가 뒷걸음질한다.

우려와는 달리 한동안은 아무런 변화도 없었다.

오히려 그게 더 두렵다. 마치 큰일이 터질 것만 같은 기묘한 정적에 모두가 라푼젤만을 응시했다.

그리고 변화가 시작되었다.

그녀를 꽁꽁 감싸고 있던 머리칼이 풀어졌다.

봉우리진 꽃이 만개하듯 마침내 그 속에 있는 라푼젤이 세상 밖으로 나왔다.

"오오!"

곳곳에서 감탄사가 터져 나왔다.

아름다움을 목격한 순수한 감탄사였다.

모습을 드러낸 라푼젤의 미모는 그야말로 눈이 부실 지경이었다.

하늘하늘 내려오는 하얀 원피스, 새하얗다 못해 투명해 보이는 살결, 보석을 박아 넣은 듯 영롱하게 빛나는 사파이어 같은 눈동자.

아름답게 자리한 이목구비는 마치 신의 걸작을 보는 듯했다.

"어머니, 아버지?"

모습을 드러낸 그녀가 부부를 향해 다가간다.

"뉘, 뉘신지?"

넋을 놓고 있던 캐리가 주저하며 물었다.

"저예요, 라푼젤."

두려움으로 가득 차 있던 부부의 눈동자가 의혹 그리고 경악의 순으로 물들었다.

라푼젤. 오래전 마녀에게 잡혀가야만 했던 딸의 이름.

"라푼젤? 네가 정말 라푼젤이란 말이니?"

금방이라도 울 것처럼 울먹거리며 레리스가 물었다.

"네. 라푼젤이에요. 18년 전 마녀에게 잡혀갔던 당신들의 딸이라고요."

확신할 수 있는 건 아무것도 없다.

그럼에도 서로가 서로를 알아볼 수 있었다.

오래 떨어져 있었다지만 부모와 자식 간이다.

이들 사이에는 말로 설명할 수 없는 무언가가 존재했다.

"오, 라푼젤. 네가 살아 있었구나."

결국, 눈물을 보인 레리스가 라푼젤을 안았다.

"내 사랑하는 딸."

캐비는 서로 부둥켜안은 부인과 딸을 동시에 안았다.

18년간 헤어져야만 했던 부모와 자식 간의 눈물겨운 상봉이었다.

하지만 이 행복은 한마디에 의해 무참히 깨어졌다.

"궁금한 게 있어요."

행복에 겨워도 모자랄 판에 라푼젤의 음성이 조금은 가라
앉아 있었다.

"뭐가 궁금하니, 애야?"

사랑스러운 눈길로 라푼젤을 응시하던 레리스가 그녀의
머릿결을 부드럽게 넘겨 주었다.

"왜 절 버렸나요?"

머릿결을 쓰다듬던 손길이 멈췄다.

"그, 그게 무슨 말이니? 버리다니?"

목소리가 조금은 떨리고 있었다.

"버렸잖아요. 아니, 정확하겐 팔았다는 게 맞겠네요."

서늘한 그녀의 음성에 부부는 말을 잇지 못했다.

다만 뭔가를 떠올린 것처럼 불안하게 눈동자를 굴릴 뿐이
었다.

라푼젤은 이런 두 사람의 변화를 놓치지 않았다.

"마녀의 말이 사실이었군요. 거짓이길 바랐는데……."

확신은 없었다. 다만 마녀에게 들은 바가 있어 찔러본 것
이었다.

당황하는 그 모습을 봐서는 거짓이 아님을 알 수 있었다.

"미안하다, 애야. 그게 어쩔 수 없었단다."

캐비는 그날의 일을 떠올렸다.

과거, 기근에 시달리던 나날이 계속되던 해.

평범한 소시민에 불과했던 캐리와 레리스 역시 이 기근의 영향을 벗어날 순 없었다.

하루하루를 허기진 배를 움켜쥐며 고통스럽게 보내야 했다.

그런데 하늘의 보살핌이었을까. 옆집의 텃밭에서 온갖 채소들이 자라나고 있는 것을 발견할 수 있었다.

벌써 사흘을 굶었는데, 이성이 남아 있을 턱이 없었다.

그곳에서 나는 채소들을 훔쳐 허기진 배를 채웠다.

처음에는 허기만 채울 작정이었다.

하지만 도둑질도 하다 보니 무감각해져 무려 30일 동안 계속되었다.

놀랍게도 이 텃밭은 하루가 지나면 모든 채소가 다시 자라나 있어 30일 동안 훔쳐 먹어도 모자랄 일이 없었다.

꼬리가 길면 밟힌다고 했던가.

부부의 도둑질은 곧 발각되고 말았다. 텃밭의 주인이었던 마녀가 그들을 붙잡은 것이다.

부부는 죄를 뉘우치며 용서를 구했고, 마녀가 이를 받아 주었다. 물론 공짜는 아니었다.

—좋아. 용서해 주지. 하지만 조건이 있다. 앞으로 태어날 자식을 나에게 다오. 그럼 이번 일은 없던 것으로 해 주마.

깊게 생각할 겨를도 없었다.

당장에 위급한 상황을 벗어나기 위해 알겠노라고 대답했다.

그리고 이듬해, 라푼젤을 낳았다.

마녀의 주술이 두려웠던 부부는 감히 속일 생각도 하지 못한 채 라푼젤을 넘겼다.

"흑. 널 그렇게 보내고 얼마나 힘들었는지."

레리스가 눈물을 흘리며 말했다.

"그래. 나도 그렇지만, 네 엄마가 무척 괴로워했단다."

부부가 나란히 눈물을 떨구었다.

"거짓말!"

라푼젤은 눈물에 감춰진 진실을 잊지 않았다.

"당신들이 괴로웠을 턱이 없잖아. 날 팔아넘긴 대가로 받은 마법의 씨앗으로 잘 먹고 살았으면서. 내가 마녀에게 모진 실험을 당하는 18년 동안!"

발작하듯 소리쳤다.

마녀가 라푼젤을 원했던 건 비밀스러운 생체 실험 때문이었다.

자신이 만든 마법 물약이 인간에게 어떻게 작용하는지 궁금했던 마녀는 라푼젤을 통해 그 궁금증을 풀었다.

온갖 약물이 투여되었다.

어떤 물약을 먹었을 땐 종일 피부가 따가워 다 벗겨지도록 긁은 적도 있고, 또 어떤 물약은 아예 피부를 녹여 버릴 정도로 지독했다.

그럼에도 살아남을 수 있었던 건 그녀가 선천적인 마법 저항이 뛰어난 덕도 있었지만, 뜻하지 않은 약물의 혼합으로 마법 머리칼을 얻었기 때문이었다.

열여덟 살이 되던 그해, 마법의 머리칼을 얻은 라푼젤은 그 속에 자신을 감췄다. 마녀의 실험에서 벗어나기 위해.

마녀의 그 어떤 마법도 라푼젤의 머리칼을 뚫지 못했다.

계속된 시도에도 실패한 마녀는 결국 그녀의 심리를 흔들기로 작정했다.

과거 있었던 부모와의 비화를 모두 이야기한 것이다.

마녀의 의도대로 정신은 흔들렸지만, 그녀는 굴하지 않았다.

다만 다짐했다. 헤어진 부모를 찾아 진실을 듣겠다고.

그리고 지금 진실에 접근할 수 있었다.

부모라는 사람들이 자신의 안위만을 위해, 먹고 살기 위해 자식을 팔아넘긴 것. 이것이 진실이었다.

"당신들은 부모도 아니야!"

자신을 안은 손을 내팽개쳤다.

"라푼젤, 미안하구나. 하지만 우리도 어쩔 수 없었단다. 우리가 그때 약속을 지키지 않았다면 모두 죽을 수밖에 없었어. 너도 그런 걸 바라진 않았을 것 아니니."

캐비의 변명에…….

"아뇨. 만약 제가 그런 상황이었다면, 자식을 넘기느니 차라리 죽더라도 도망가는 길을 선택했을 거예요."

라푼젤은 확신을 담아 말했다.

자신이라면 자식을 넘기느니 다 같이 죽더라도 같이 살길을 모색했을 것이다.

"으흑."

그 말이 서러웠던 걸까.

레리스의 눈물샘이 마르지 않았다.

"그래, 라푼젤. 그렇게 생각할 수도 있겠지. 하지만 보거라. 살아 있으니 이렇게 만난 날도 있지."

"그럼 제가 당했던 18년간의 고통은 누가 보상해 주죠?"

"앞으로 평생 속죄하듯이 네게 갚아 주마, 18년간 겪었던 고통이 행복으로 잊힐 수 있게."

"아뇨. 앞으로 속죄하실 필요 없어요."

라푼젤은 단호하게 고개를 저었다. 앞으로의 행복 따위를 바란 게 아니다.

"당신들도 저랑 똑같은 고통을 당해 보세요. 18년간 햇빛 하나 들어오지 않는 탑에 갇혀 온갖 물약을 먹으며 고통스러운 나날을 보내 보라고요. 그러면, 그러면 인정할게요. 당신들이 날 사랑한다는 것을, 당신들이 내 진정한 부모라는 것을 말이에요."

"라푼젤!"

악에 받친 그녀의 말에 캐비가 언성을 높였다.

"어떻게 그런 말을. 우린 네 부모야. 넌 자식이고. 너를 낳아 준 것만으로 우리에게 감사해야 하는 것 아니냐?"

죄스러움에 묻어 두었던 본성이 나왔다.

"제가 언제 낳아 달라고 말한 적 있나요? 전 낳아 달라고 사정한 적 없어요. 그저 당신들의 쾌락 놀음에 딸린 부산물일 뿐이지."

결국 이런 사람들이다.

자식이 아닌 자신만의 안위를 위해 살아가는 이들.

"낳아 줬다고 해서 다 부모는 아니에요. 당신들은 제 부모가 아닌 것 같네요."

가슴에 비수를 꽂으며 등을 돌렸다.

"라푼젤, 어딜 가는 거냐?"

캐비가 만류하려 했지만, 그의 앞을 정훈이 막았다.

"손대면 죽어."

그 한마디에 더는 쫓아갈 생각을 하지 못했다.

그저 바닥에 주저앉은 채 벌벌 떨 뿐이었다.

그 모습을 지켜보던 정훈이 멈춰 선 라푼젤에게 다가갔다.

"결국 이렇게 됐네요."

마지막 기회였다.

정훈의 위협을 무시한 채 다가왔다면 부모를 받아들였을 것이다.

하지만 두 사람은 자그만 위협에도 자신을 버렸다.

"가요."

긴 황금색 머리칼을 끌며 사라졌다.

뒤에 남겨진 부부는 그 모습을 하염없이 지켜만 보고 있었다.

빠르게 세를 불려 나가던 백설과 왕자 연합군은 뜻밖의 난관에 봉착했다.

군단 파괴자 한정훈.

고작 한 명에 불과한 그가 연합 세력의 가장 큰 줄기인 난쟁이 군단을 습격해 회복할 수 없는 타격을 주었다.

처음 붉은 난쟁이 일족이 당했을 때만 해도 헛소문이라 치부했다.

무식한 히루크가 여왕군과 충돌해 놓곤 거짓을 고한 것으로 생각한 것이다.

하지만 이건 오판이었다.

차례로 난쟁이 군단이 궤멸했다.

이 소식이 사령부에 알려졌을 땐 이미 3개 군단이 당하고 난 뒤였다.

더 당했다간 연합군 자체가 몰락할 수도 있는 긴박한 상황이었다.

급히 전령을 보내어 나머지 4개 군단을 한곳에 모았다.

하루, 이틀. 그리고 열흘이 지났다. 하지만 적은 감감무소식이었다.

그제야 연합군은 깨달았다, 적에게 철저히 농락당했음을.

손해가 막심했다.

3개 군단의 궤멸과 적의 침입을 막기 위해 본 시간적 손해는 짧은 시일 안에 회복할 수 있는 게 아니었다.

결국, 긴급 회동한 수뇌부는 30일 후로 잡아 두었던 공성전을 연기하기에 이르렀다.

세를 다시 키우기 위해 음지로 숨어들었다.

이 모든 건 고작 한 사람의 계획에 벌어진 일. 수십만의 병력이 정훈의 손바닥에서 놀고 있었다.

견고한 얼음 성벽 안에 세워진 순백의 성 스노우.

그곳을 한눈에 담을 수 있는 언덕에 여덟 명의 남녀가 서 있었다.

남녀라곤 하지만 남자의 비율은 고작 하나.

그런데 미녀들에게 둘러싸여 행복해야 할 사내의 얼굴은 그저 담담하기만 했다.

늘 한결같은 표정과 검은 안대가 눈에 띄는 사내, 그는 바로 정훈이었다.

3개 군단을 궤멸시켜 연합군 사이에선 재앙으로 통하는 입지적인 인물.

모든 것을 아래로 내려다보는 오만한 눈동자가 스노우 성을 살피고 있었다.

"야, 정말 할 거야?"

동네 건달이나 내뱉을 만한 껄렁함이 묻어 나오는 말투였다. 그런데 정작 그 말을 내뱉은 건 청순하기 이를 데 없는 미모의 여인이었다.

돌아보니 화려한 릴이 장식된 핑크빛 드레스를 입은 흑발의 여인이 있었다.

잠자는 숲속의 공주 오로라.

망국의 공주로, 잘나가는 왕자를 낚아채 화려한 삶을 사는 듯했으나, 과도한 시집살이를 견디다 못해 남편인 왕자마저 죽이고 도망쳐 나온 비운의 여인이었다.

왕비의 빈번한 암살 시도에서 살아남은 그녀는 어느새 훌륭한 무투가로 성장해 지금은 적수를 찾아보기 힘든 무도가의 반열에 올라 있었다.

"물론."

정훈이 짧게 답했다.

비밀결사대를 모은 이유는 오직 이 순간을 위해서였다.

"나는 세상에서 내가 제일 미친년인 줄 알았는데, 얘는 우주 최강이야, 진짜."

"푸훅, 푸훅!"

와인을 적신 듯 새빨간 머리칼의 미녀는 붉은 비늘 갑옷을 입고 있었다.

아녀자, 그것도 이런 미녀가 전신 갑옷이라니. 조금은 어울리지 않는 듯하나 그건 얼마든지 넘어갈 수 있다.

그보다 더 놀라운 건 그녀가 밟고 있는 어떤 존재였다.

거대한 몸체와 붉은 비늘. 섬뜩한 파충류의 눈을 한 그것은 바로 드래곤이었다.

용에게 붙잡힌 공주 레나.

사악한 악룡에게 붙잡혀 자신을 구하러 오는 왕자를 기다렸지만, 수백 년이 지나도록 소식 하나 없었다. 아니, 분명 왕자들이 그녀를 구하러 왔다. 다만 강력한 악룡에 의해 한 끼 식사로 전락했을 뿐.

기다리다 지친 그녀는 드레스를 벗어 던진 채 악룡과 사투를 벌였다.

수백 년간 놀기만 한 게 아니다.

무에 천부적 소질이 있었던 그녀는 그간의 수련으로 대단한 검사로 성장했다.

특히 악룡의 레어에서 얻은 검, 네일링의 능력은 악룡을 쓰러뜨리는 데 크게 일조했다.

마지막 일격만이 남은 상황이었다.

그런데 오랜 전투로 너무 정이 든 것일까. 그녀는 악룡을 죽이지 않았다. 다만, 악룡이 승복할 때까지 싸워 마침내 드래곤 라이더가 될 수 있었다.

"내 미친 계획에 동참한 너희도 그리 제정신은 아닌 것 같은데."

"그래. 맞아. 우리 다 미친 연놈들이지, 호호홋!"

과연 악룡을 쓰러뜨린 여장군답게 호탕하게 웃었다.

스노우 성을 훑던 눈길을 거두었다.

이젠 본격적으로 움직일 시간이었다.

"이제 미친 짓을 벌이러 가 보자."

"그거 좋지. 숙여, 레드!"

레나의 명령에 악룡, 레드가 허리를 낮추자 정훈과 일행이 긴 꼬리를 타고 등 언저리 부근에 안착했다.

"신데렐라."

오른편에 선 공주, 신데렐라를 호명했다.

휘황찬란한 황금 드레스와 유리 구두를 신은 금발의 여인. 그녀는 품속에서 별 모양의 마법 지팡이를 꺼내 들었다.

"적의 눈이 우리를 찾지 못하니."

별 지팡이에서 떨어지는 마법의 가루가 정해진 문양을 그렸다.

부웅!

몸이 붕 뜨는 느낌이 들었지만, 다른 변화는 없었다.

아니, 변화를 느낄 수 없다는 게 맞다. 지금 펼친 건 투명화로 적에게서 모든 이목을 감추는 효과의 마법이었다.

신분 상승을 꿈꾸는 어여쁜 여인에서 위대한 마법의 경지에 오른 대마법사, 그것이 현재의 신데렐라였다.

자신을 전혀 돌보지 않는 아버지, 그리고 온갖 악행을 일삼는 계모와 그녀의 언니들.

신데렐라는 인간을 불신하기에 이르렀다.

사랑이고, 왕자고 다 필요 없다. 나는 홀로 설 것이다.

그렇게 생각하는 그녀를 방문한 것은 마법의 까마귀였다.

오랜 세월 동안 그녀를 지켜 주고 있었던 수호신. 이 불가사의한 존재에게 마법을 배운 그녀는 오랜 세월이 지나 마침내 대마법사가 될 수 있었다.

투명화 마법으로 모든 기척을 감추었다. 그제야 악룡이 날개를 펄럭이며 비상했다.

빤히 하늘을 날아다니고 있음에도 스노우 성 곳곳에 설치된 감시탑은 이 거대한 존재를 발견하지 못했다.

신데렐라가 펼친 투명화 마법 덕분이었다.

거친 비행의 끝을 알리는 활강이 시작되었다.

그 엄청난 속도로 인한 풍압이 모두를 날려 버릴 정도였다.

"도오착!"

더는 버티지 못할 정도가 되었을 때, 레나가 비행의 끝을 알렸다.

짧은 비행 끝에 도착한 곳은 스노우 성의 북서쪽 성벽.

높게 솟은 얼음 성벽을 바라보던 정훈의 시선이 지면을 향했다.

"문제없지?"

분명 아무도 없는데 누구를 향한 말이었을까.

"히힛, 맡겨만 달라고."

집중해서 듣지 않으면 들리지 않은 아주 작은 음성이었다.

분명 지면에 무언가 꿈틀대고 있었다.

고작해야 엄지손가락의 한 마디만 한 체구를 지닌, 엄지공주였다.

흡사 인형과도 같은 미모는 여전했다.

하지만 두 눈은 반쯤 풀려 있고, 쉴 새 없이 자신의 애도 마사무네를 혀로 할짝대는 모양새가 어딘가 나사가 빠진 것 같다.

모든 게 그녀가 겪은 험난한 여정 덕분이었다.

두꺼비에게 납치된 것을 시작으로 풍뎅이에게 버림당하고, 믿었던 들쥐 부부에게 속아 두더지에게 돈에 팔려 가 겁간을 당할 뻔했다.

여자, 그것도 이토록 왜소한 몸으로 견딜 수 있을 만한 게 아니었다.

그녀는 자신을 지키기 위해 본성을 내면 깊숙이 숨겼고, 대신 잔혹하고 비정한 인격을 꺼냈다.

이제 더는 나약한 엄지공주가 아니다. 은신과 잠입, 그리고 뛰어난 살상 능력을 지닌 암살자였다.

그녀가 담당해야 할 일은 성 주변을 보호하고 있는 대단위 결계를 부수는 것.

스노우 공성전의 승패를 결정지을 가장 어려운 임무였다.

모든 공격으로부터 성을 지키는 이 결계는 대대로 스노우 성의 주인이었던 화이트 일가가 펼쳐 놓은 고대 마법이었다.

눈에 보이지 않는 투명한 보호막이 성 전체를 둘러싸고 있는데, 공성 병기는 물론 모든 공격으로부터 성을 보호하는 강력한 마법이었다.

이 결계를 없애는 방법은 두 가지.

화이트 일족에게 승계되어 온 눈꽃의 반지로 결계 효과를 완전히 제거하는 것과 성 중앙의 코어를 파괴하는 방법이다.

눈꽃의 반지는 화이트 일족의 직계 자손인 백설이 지니고 있으니 남은 한 가지 방법을 실행해야 하는데. 그 일을 엄지 공주가 맡았다.

그녀의 육신이 잔상을 남긴 채 사라졌다.

누구의 침입도 허락하지 않을 견고한 성벽에는 아주 작은 구멍이 존재한다.

이것은 인위적인 것이 아닌 세월의 흐름으로 자연스럽게 생성된 것.

오직 엄지공주만이 이 좁은 구멍을 통해 성벽 안으로 들어갈 수 있었다.

이제는 기다리는 일만이 남았다.

가장 어려운 임무지만, 누구 하나 걱정하지 않았다.

그렇지 않아도 조그만데, 움직임도 재빠른 데다가 다양한 은신술을 익힌 그녀를 그 누가 있어서 알아챌 수 있을까.

모두의 예상대로 기다림의 시간은 짧았다.

파칭!

마치 유리가 깨어지는 소리가 요란하게 울렸다.

그 순간 모두가 느낄 수 있었다, 주변을 보호하던 결계가 사라졌음을.

"크허헝!"

사나운 포효가 주변을 뒤흔들었다.

야수에게 물려 저주를 받은 미녀, 벨. 야수로 변신한 그녀가 머리칼에 감싸인 라푼젤을 힘껏 집어 던졌다.

하늘 높이 올라간 황금 덩어리가 포물선을 그리며 성안으로 떨어졌다.

위이잉!

결계가 깨어지며 성안은 난리가 난 상태였다.

알람 마법이 곳곳에서 울려 퍼지며 모두가 전시 태세를 갖추고 있었다.

병장기를 갖추고 도열한 그곳 중심부에 라푼젤이 떨어졌다.

하지만 그녀를 눈치챈 이는 없었다. 아직 투명화 마법이 유지되고 있었던 덕분이었다.

지속 시간 10분이 다하거나 공격적인 행위를 하기 전까진 유지될 터였다.

　눈을 감은 채 집중했다.

　황금색으로 물든 머리칼이 그녀의 의지에 반응해 수십만 가닥으로 나뉘었다.

　감았던 눈을 떴다.

　황금빛 안광이 번뜩이는 그 순간이었다.

　휘리릭.

　가늠할 수 없이 늘어난 머리칼이 맹렬한 속도로 주변을 들쑤셨다.

　"이게 뭐야?"

　"으악!"

　머리카락 한 가닥, 한 가닥이 적들의 허리, 발목, 손목 등을 붙잡았다.

　성안에 있던 대다수 병력이 머리카락에 묶인 채 라푼젤에게 끌려갔다.

　"지금이에요!"

　영혼의 눈을 통해 상황을 지켜보던 신데렐라의 신호였다.

　정훈은 이쑤시개만 한 작은 검을 자신의 손바닥에 올려놓았다.

　물론 이쑤시개는 아니다. 그것은 정교하게 만든 아주 작은 검이었다.

이 작은 검은 빙글빙글 돌아가며 손바닥에 떠 있었다.

고오오!

어마어마한 광경이 눈앞에 펼쳐졌다.

구름을 뚫은 거대한 검이 성을 향해 떨어지고 있었다.

"거대한 검의 재앙이 떨어진다."

모글레이. 거대한 검이라는 뜻을 지닌 전설급 대살상 무기의 격이 발동했다.

검이 떨어지는 곳은 라푼젤이 적들을 묶어 놓은 곳 중앙이었다.

쾅!

지반이 붕괴되고 성벽이 부서졌다. 그건 파괴라는 단어로 설명할 수 없는, 말 그대로 재앙이었다.

"신이시여……."

운 좋게 살아남은 왕비군 소속의 병사. 그는 단 한 번도 찾지 않았던 신을 찾았다.

신이 분노한 게 틀림없다. 그렇지 않고서야 이런 재앙이 벌어질 턱이 없지 않은가.

간절한 마음으로 무릎을 꿇고 양손을 모았다.

조금 전까진 무신론자였던 병사였지만 기도를 올리는 지금 이 순간만큼은 세상 누구보다 독실한 신자가 되어 있었다.

-퀘스트 발생.

한편 재앙의 장본인인 정훈은 퀘스트를 확인하는 데 여념이 없었다.

'서두르자.'

이 정도로 난동을 벌여 놨으니 연합군이 올 것이다.

보통의 입문자에게 연합군은 함께하는 고마운 동료일지 모르겠지만, 정훈에겐 방해꾼 그 이상도 이하도 아니었다.

특히 이번 퀘스트는 왕비군을 죽이는 것으로도 활약도가 상승한다.

그리고 성에 도착한 연합군이 왕비군을 하나라도 없애는 날에는…….

'100퍼센트 보상은 물 건너가는 거지.'

용납할 수 없는 일. 물론 이를 사전에 방지할 방법이 있다.

연합군이 도착하기 전 왕비를 제거할 수만 있다면 이번 시나리오는 종료되고 100퍼센트의 활약 보상을 가져갈 수 있을 것이다.

"세헤라자데!"

마지막 일곱 번째 공주. 살짝 비치는 천으로 눈 아래쪽을 가려 신비스러운 분위기를 자아내는 여인 세헤라자데.

사랑하던 왕비의 불륜을 목격한 왕의 폭정으로 하루하루 처녀들이 죽어 나가던 때, 기꺼이 왕의 수발을 들며 1천 일 동안 야화를 들려 준 지혜로운 여인.

그리고 1천 일째 되는 날 밤, 자신을 사랑하게 된 왕을 목 졸라 죽여 여왕에 등극한 철의 여인이기도 하다.

"1천 개의 이야기, 그 속에 숨은 힘이여."

언어는 곧 힘이다.

세헤라자데의 능력은 구전에 깃든 기이한 힘을 전이시키는 것.

그녀의 주문과 함께 정훈을 비롯한 나머지 공주들은 몸속에 소용돌이치는 강인한 힘을 느낄 수 있었다.

고작 한 번의 버프로 상승한 무력은 이전의 2배가량. 과연 닷새 동안 골머릴 썩여 가며 데려올 만한 최후의 구성원다운 능력이었다.

버프를 받은 즉시 내성을 향해 달렸다.

공주들과의 연합은 없었다.

'혼자가 편해.'

말 그대로 혼자인 게 편하다는 뜻이 아니다.

왕비의 특수 능력을 알고 있기에 다수나 파티가 아닌 솔로를 선택했을 뿐.

빠직.

정훈의 괴력에 내성 문이 부서졌다.

그곳을 뚫고 내성에 진입한 정훈의 고개가 좌우로 돌아 갔다.

당연히 지키고 있어야 할 왕비의 기사단이 보이지 않았다.

'없다고?'

예상이 빗나간 건 처음이었다.

자신의 기억과 다르다는 것, 그게 정훈을 당혹스럽게 했다.

그간 거침없이 나아갈 수 있었던 건 게임 속 경험이라는 바탕이 있었기 때문이다.

그런데 지금 예상과 다른 상황에 직면했다.

'아직 판단하기엔 이르다.'

온갖 복잡한 생각이 머릿속을 뒤집어 놓았다.

하지만 이내 그것을 털어 버렸다.

지금 생각해야 하는 건 연합군이 오기 전 왕비를 제거하는 것. 어떤 상황 변화에도 이 목표는 바뀌지 않을 것이다.

날 선 경계심을 유지한 채 길게 이어진 복도를 지나갔다.

언제 연합군이 들이닥칠지 알 수 없는 급한 상황이지만, 그의 걸음은 빠르지 않았다.

오히려 여유가 느껴질 정도로 느릿한 편이었다.

거기에 복도의 양옆에 걸린 둥근 거울이 나올 때마다 그 자리에 멈춰 섰다.

잠시 멈춘 후 다시 걷는다.

이 의미 없는 일이 연이어 반복되고 있었다.

'달라.'

자신이 알고 있던 것과는 달라도 너무 달랐다.

거울의 마녀라 불리는 왕비의 능력은 상대를 복사하는 것.
그 능력의 절정을 볼 수 있는 게 복도에 전시된 마법의 거울
들이었다.

이 거울에 특정한 대상이 비치게 되면 그것을 복사해 현실
화시킨다.

단순하지만 사기적인 능력이다.

왕비 자신을 죽이기 위해 오는 모든 적을 복사할 수도 있
으니.

비록 복사된 그림자의 능력이 본신의 30퍼센트밖에 되지
않지만, 복도에 설치된 수많은 거울의 숫자를 생각해 보면
결코 낮은 수치라고도 볼 수 없다.

혼자서 온 것은 이러한 이유였다.

침입하는 사람이 많으면 많을수록 '거울의 복도'를 지나가
는 건 불가능에 가까웠으니까.

그런데 이게 무슨 일일까. 예상과 달리 거울을 지나쳤음에
도 아무런 변화가 없었다.

심각한 상황에 그 자리에 멈춰 서 고민에 잠겼다.

'어쩌면 내가 해 놓은 것들 때문에 다른 이벤트가 발생한

건지도.'

FT에서도 플레이어의 상황과 선택에 따라 다양한 이벤트
가 발생했다.

칠공주를 대동해 공성전을 치른 것도 하나의 분기점으로
작용하지 않았을까, 정훈은 그리 추측했다.

물론 그리 좋은 상황은 아니었다.

뭔가 일어날지도 모른다는 불안감이 목을 옥죄어 왔다.

'그래도 고작 2막 따위.'

변수가 생겼다 한들 고작 2막에 불과했다.

여기서 무릎 꿇기엔 보관함에 잠들어 있는 아이템이 너무
휘황찬란하다.

걱정을 떨쳐 내듯 좀 더 빠르게 움직였다.

한참을 지나가도 여전히 거울은 반응하지 않았다.

아무런 방해 없이 도착한 정훈의 앞을 막은 것은 족히 3미
터도 넘어 보이는 거대한 문이었다.

스노우 성의 왕좌로 통하는 문. 그곳에 손을 갖다 대었다.

끼이익.

별반 힘을 주지 않았다. 그런데 마치 자동문인 것처럼 밀
려났다.

틈새 사이로 넓은 홀이 드러났다.

양옆은 대칭을 맞춘 듯 거대한 기둥이 일렬로 늘어서 있
고, 그 중앙을 붉은 카펫이 장식하고 있었다.

일직선으로 곧게 뻗은 카펫의 끝엔 새하얀 왕좌가, 그리고 그곳의 주인인 왕비는…….

"죽었어?"

놀란 정훈이 소리쳤다.

왕좌에 앉아 기다리고 있어야 할 왕비가 쓰러져 있었다.

별다른 장식 없는 은관과 소박하기 그지없는 푸른색 드레스를 입은 미모의 여인.

왕좌에 반쯤 걸쳐 쓰러진 그녀의 눈과 코, 귀, 입에서 쉴 새 없이 피가 흘러나오고 있었다.

가까이 다가가 상세를 확인했다.

육신은 온기를 잃었지만, 피가 완전히 굳지 않았다.

살해된 지 얼마 지나지 않았단 증거다.

물론 사망 시간이야 언제든 상관없다.

중요한 건 누가 삼엄한 경비를 뚫고 들어와 왕비를 죽였느냐다.

시선이 왕좌에 닿은 왕비의 손끝으로 향했다.

치장할 때 쓰이는 작은 손거울이 쥐여 있다.

주변을 샅샅이 뒤져 봤지만, 단서라곤 그게 유일했다.

손에 든 거울을 살펴보자 뒷면에 아주 작은 글씨를 확인할 수 있었다.

내 앞에 거짓은 사라지리라.

뭔가 의미를 알 수 없는 문구였다.

그런데 이를 확인한 그 순간이었다.

−퀘스트 변경

새로운 알림이 귓가에 파고들었다.

> ### 퀘스트 : 원흉
>
> **내용** : 왕비를 죽인 원흉을 찾아 진실의 거울 비추기(진행 중)
> 원흉 제거(진행 중)
> **제한 시간** : 6시간
> **성공 보상** : 막대한 보상
> **실패 벌칙** : 시나리오에 묶인 모든 입문자 소멸

'퀘스트 변경이라……'

단 한 번도 경험해 보지 못한 퀘스트의 변경. 그것도 메인 시나리오의 변경이었다.

난이도도 대폭 상승했다.

제한 시간이 6시간, 거기에 실패 시 벌칙은……

'모든 입문자의 소멸.'

정훈과 같은 시나리오에 묶인 모든 입문자를 소멸시킨다는 것이었다.

수많은 입문자의 운명이 퀘스트 수령자, 정훈의 손에 달려 있는 셈이다.

단서라곤 죽기 전 떨어뜨린 거울 하나와 알 수 없는 문구.

이 난감한 상황 속에서도 정훈은 덤덤했다. 아니, 오히려 처음의 당황함조차 찾을 수 없었다.

슬며시 입꼬리가 올라갔다. 미소. 누구라도 혼란스러워해야 할 상황에서 정훈은 웃고 있었다.

10년간 게임을 플레이해 오며 다양한 정보를 수집한, 오직 그만이 지을 수 있는 웃음이었다.

그의 눈이 움직였다. 시선이 향한 곳은 퀘스트 창의 보상란, 그중에서도 막대한 보상이라는 그 문장에 꽂힌 채 움직일 줄 몰랐다.

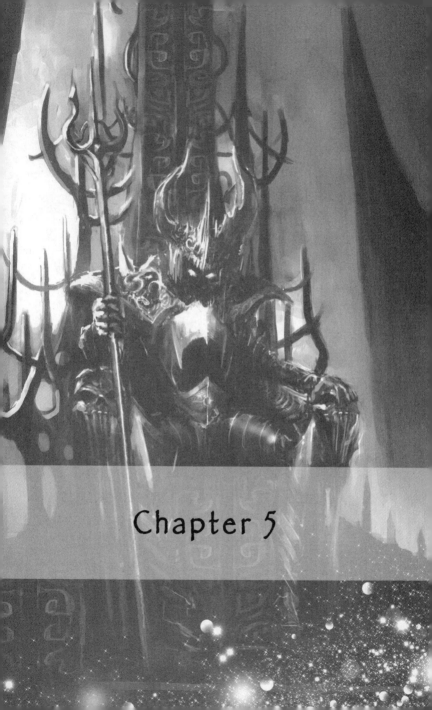

Chapter 5

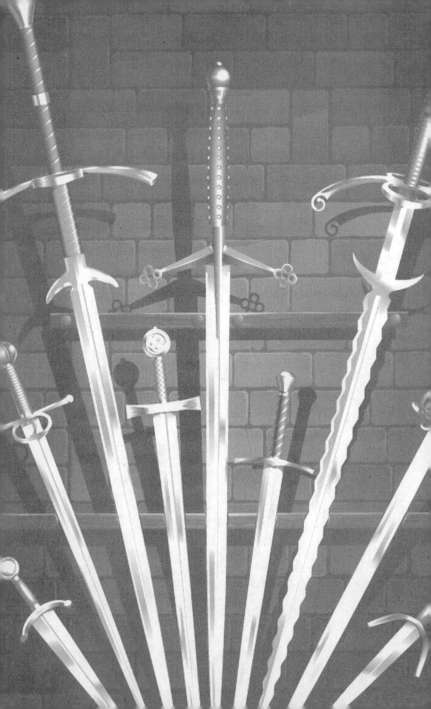

음지로 숨어들어 세를 회복하려던 연합군은 갑작스레 일어난 스노우 성의 변화에 다급히 병력을 출진시켜야만 했다.

미리 준비해 둔 이동 마법진으로 성 앞에 집결한 연합군은 눈앞의 광경에 경악하고 말았다.

"이럴 수가!"

조금 전까지만 해도 견고하게 버티고 서 있던 순백의 성이 폐허가 되어 있었기 때문이다.

지반은 붕괴되고, 성벽은 무너져 내린 상태였다.

"이게 어떻게 된 일일까요?"

새하얀 피부와 대조되는 빨간 입술을 지닌 미녀 백설.

오랫동안 이날만을 기다려 오던 그녀였지만, 상황이 너무 갑작스러웠다.

자신과 왕자가 일으킨 연합군이 아니라면 누가 있어 스노우 성을 이렇게 만들 수 있을까. 의문만이 가득했다.

"그러게 말이오. 나도 도무지 영문을 알 수 없구려."

찰랑대는 금발과 푸른 눈, 그리고 화려한 제복의 왕자도 동조했다.

영문을 모르기는 그도 마찬가지였다.

왕자의 백설의 시선이 뒤에 나란히 선 난쟁이들에게 향했다.

뭔가 알고 있느냐는 눈짓이었지만 모두 고개를 저을 뿐이었다.

"일단 좀 더 가까이 다가가 상황을 확인해 보는 게 좋지 않겠소?"

"그러는 게 좋겠어요."

조그마한 단서라도 얻기 위해선 성에 접근할 필요가 있다.

왕자와 백설이 병력을 이끌며 폐성으로 접근할 때였다.

"드, 드래곤!"

병사들이 하늘을 가리키며 소리쳤다.

병력의 머리 위에서 드래곤 하나가 상공을 선회하고 있었다.

워낙 높은 곳을 비행하고 있는 탓에 연합군은 공격할 엄두도 못 낸 채 경계만 했다.

마치 먹이를 노리는 독수리처럼 한동안 빙글빙글 돌기만 하던 드래곤에게서 작은 점 하나가 떨어졌다.

떨어진 점은 빠른 속도로 지면을 향했고, 잠깐의 시간이 지났을 때 그게 무엇인지 확인하는 건 어렵지 않았다.

"사람?"

사람이었다. 높다 못해 아득한 곳에서 추락하던 이가 마침내 지면에 착지했다.

쿵!

그 높은 곳에서 떨어졌음에도 멀쩡하다.

마침내 의문의 존재를 확인할 수 있게 된 빨, 주, 노랑의 3개 군단의 병사 그리고 새로이 임명된 군단장들의 눈동자가 경악으로 물들었다.

"구, 군단 파괴자!"

검은 안대의 사내. 연합군에겐 공포이자 악마로 통하는 정훈이 그들 앞에 다시 나타난 것이다.

수만의 병력을 눈앞에 둔 정훈은 덤덤한 얼굴로 걸음을 뗐다.

그의 걸음에 맞춰 연합군의 긴장이 극도로 달했다.

금방이라도 터질 듯한 풍선처럼 긴장감이 팽배한 순간. 정훈의 걸음이 멈추었다.

불과 10미터 정도의 대치 거리.

"연극은 끝났어."

돌연 작은 손거울 꺼냈다.

평범하기만 한 은색 손거울. 햇빛을 반사한 거울이 한 사람을 비추었다.

스노우 성의 왕과 왕비는 행복한 나날을 보내고 있었습니다.

사랑에는 결실이 맺힌다고 하죠. 네, 두 사람에게도 사랑의 결실인 아이가 태어났습니다.

눈처럼 하얀 피부, 그리고 새빨간 입술이 매력적인 아이. 왕비는 이 아이에게 백설이라는 이름을 지어 주었죠.

흰 피부뿐만이 아니라 눈처럼 깨끗하게 자라라는 뜻이었지만, 어디 세상일이란 게 마음대로 되나요.

백설은 왕비의 뜻과는 다른 아이였어요.

의식하지 않아도 주위 남자를 홀리는 색기를 지닌 것이었죠.

하지만 타고난 색기를 탓할 수 있나요.

왕비는 그저 바른 아이로 자라길 간절히 기도했어요.

바로 그 일이 일어나기 전까지는요.

절대로 일어나서는 안 될 일.

바로, 왕이 백설을 사랑하게 된 것이에요.

왕을 치마폭에 두른 백설은 이를 이용해 무소불위의 권력을 휘둘렀어요.

이 아이는 뭔가 이상해.

수상쩍은 기운을 감지한 왕비는 그날부터 골방에 들어박힌 채 백설의 뒷조사를 시작했어요.

그녀가 지닌 거울의 마력은 가만히 앉아 있어도 온갖 정보를 가져다주었죠.

그렇게 얼마 지나지 않아 놀라운 사실을 알 수 있었답니다.

백설은 왕과 왕비의 자식이 아니었어요. 아니, 육신은 딸이 맞지만, 정신, 즉 영혼이 다른 이의 것이었죠.

딸의 육신을 차지한 존재.

그건 놀랍게도 화이트 일족과의 오랜 전쟁에서 패배해 멸족 했던 블랙 일족의 수장 흑야였어요.

선대에 멸족했던 그녀가 어떻게 지금에 와서 백설의 몸을 차지할 수 있었을까요?

그것은 대마녀 흑야가 가진 흑마법의 힘이었어요.

죽음 직전 왕의 선대에 영혼의 파편을 심어 두었고, 마침내 백설의 대에서 영혼을 복구해 그 육신을 차지한 것이죠.

뒤늦게야 이 사실을 깨달은 왕비는 왕에게 간언했지만, 소용 없었어요.

오히려 백설의 마력에 빠진 왕은 왕비를 사악한 마녀라 손가락질하며 감금하기에 이르렀죠.

사랑하는 이의 배신은 그녀를 절망에 몰아넣었지만, 좌절하고 있을 수만은 없었어요.

이대로 백설을 내버려 두면 왕국은 멸망하고, 이 땅은 다시 혼돈으로 가득 찰 게 분명했으니 말이죠.

왕비는 숨겨 두었던 자신의 힘을 모두 개방했어요.

역사상 유례를 찾기 힘들 정도의 대마법사이기도 했던 왕비의 힘에 채 무르익지 못한 백설은 그 힘을 봉인당하게 되죠.

하지만 그건 불안정한 봉인이었어요.

힘을 봉인당한 대신 불사의 육신을 지니게 된 백설을 처치할 수 없게 된 거예요.

왕비는 절대 탈출할 수 없는 마법의 첨탑에 그녀를 평생 가둘 생각이었지만, 어떤 멍청한 난쟁이로 인해 모든 게 무산되고 말았어요.

백설은 탈출했고, 난쟁이의 영로로 도망가고 말았답니다.

봉인은 해 뒀지만, 곁에서 지켜보지 않으면 언제 풀릴지 모를 불안정한 봉인이었어요.

이에 왕비는 백설의 봉인을 지속시키기 위해 노파로 변신, 난쟁이 영로로 숨어 들어가 마법의 빗을 선물하고 마법의 사과를 먹였어요.

다행히 봉인은 유지되었지만, 멍청하고 탐욕스럽기 이를 데 없는 이웃 나라 왕자라는 녀석이 백설과 손을 잡은 게 아니겠어요.

세력을 등에 업은 백설은 곧장 왕자와 난쟁이로 뭉친 연합군을 이끌고 스노우 성으로 진격했어요.

봉인의 주체이자 골칫덩이인 왕비를 제거하기 위해서 말이죠.

이것은 정훈이 왕비를 죽이는 루트를 통해 획득한 동화책
의 내용이었다.

그냥 넘어갈 수도 있겠지만, 이 세계에서 정보란 곧 힘이
라는 것을 알고 있었던 정훈은 용케 그 내용을 기억하고 있
었다.

내용에 따르면 왕비를 죽일 수 있는 힘과 동기는 백설밖에
없다.

손거울에 반사된 빛은 백설에게로 향했다.

"꺄아아악!"

그냥 거울에 반사된 빛일 뿐이다. 그런데도 백설은 엄청난
고통을 호소했다.

"백설!"

그녀의 비명에 왕자가 다가가려 했다.

"이, 이럴 수가……"

지만 백설의 모습에 놀란 왕자는 순간 주춤했다.

백설의 피부가 녹아내리고 있었다.

마치 불에 녹는 촛농처럼 흘러내리던 것이 이내 멈추었다.

"우웩!"

그리고 왕자의 토악질이 시작되었다.

"웩!"

백설의 변화를 지켜본 대다수가 똑같은 증상을 보였다.

미녀라 부르기에 손색없던 백설의 허물이 벗겨지고 추악한 본모습이 드러났다.

마치 오물을 뒤집어쓴 것처럼 피와 살점이 한데 어우러져 흘러내렸고, 근처에 가는 것만으로도 역한 악취가 풍겨 왔다.

외형만이 문제는 아니었다.

이 추악한 존재에게선 생명을 거부하는 낯선 기운이 흘러나왔다.

살아 있는 존재라면 본능에 따라 그 기운을 거부할 수밖에 없었다.

"드디어 봉인이 풀렸구나!"

백설, 아니, 이제는 온전한 대마녀 흑야로 탄생한 그녀가 기쁨의 탄성을 내질렀다.

사실 손거울은 감춰진 그녀의 본모습을 드러내기도 하지만, 봉인을 푸는 열쇠이기도 했다.

마침내 마력을 구속하던 봉인에서 벗어났다.

비록 아름다운 껍데기는 사라졌으나 흑야에게 외형은 그저 보이는 것에 불과할 뿐이었다.

흘러내리는 피부 속에 숨은 보랏빛 안광이 정훈에게 향했다.

"네겐 고마워해야겠구나. 이리 충실하게 내 계획대로 움직여 주다니."

모든 건 그녀의 간계였다.

얼마 전부터 느끼고 있었다. 왕비의 힘이 약해지고 봉인이 허술해지고 있다는 것을.

그간 자신을 견제하기 위해 많은 힘을 허비한 탓이었다.

허술해진 틈을 타 어느 정도 마력을 회복한 그녀는 왕비를 죽이고 봉인을 완전히 풀 때를 노리고 있었다.

하늘이 도우심일까. 금방 그때가 다가왔다.

정훈과 칠공주가 공성전을 시작한 것이다.

혼란을 틈타 내성으로 잠입한 그녀는 왕비의 기사단은 물론 침입자에게 가장 큰 관문인 거울의 복도마저 무력화시켰다.

마침내 왕비와 대면한 순간, 크게 웃었다.

그래도 명색이 대마법사였다.

하지만 왕비는 쇠약하다 못해 거의 다 죽어 가는 지경이었다.

힘을 잃은 아녀자 하나를 제압하는 거야 무척 간단한 일이었다.

그간 자신을 괴롭힌 대가로 온갖 저주와 고문으로 괴롭히며 죽였다.

하지만 뜻밖의 상황에 분노하게 된다.

봉인의 주체를 죽이면 당연히 자신을 구속하던 봉인이 풀릴 것으로 생각했지만, 변화는 없었다. 아니, 오히려 구속력이 더 강해졌던 것이다.

힘들게 회복한 마력마저 모두 불태울 정도로 강력한 봉인
이 그녀를 옭아맸다.

이대로 영원히 구속되는 건 아닐까. 막연한 그녀의 걱정은
기우에 불과했다.

강력한 마력이 깃든 손거울을 발견한 것이었다.

그 안에 깃든 힘이 자신의 봉인을 풀 수 있는 열쇠임을 직
감했다.

하지만 쓸 순 없다. 이 거울은 봉인의 주체나 봉인된 자가
아닌 제삼자만이 풀 수 있는 종류였다.

시간은 많지 않다.

정훈이 다가오고 있음을 깨달은 흑야는 마치 단서라도 되
는 양 손거울을 시신에 쥐여 주고 그 자리를 벗어났다.

바로 지금, 이 순간을 고대하며 말이다.

"이 괴물, 내 사랑 백설을 어떻게 한 것이냐!"

흑야가 기쁨에 젖어 있을 무렵, 왕자가 움직였다.

그 움직임이 예사롭지 않았다.

허세가 많이 끼어 있어서 그렇지 그 무력으로만 보자면 2
막에서도 가장 강한 5인에 손꼽힐 만큼 강자다.

특히 그의 무장 상태는 유물급과 성물로 도배된, 그야말로
템발의 강자.

"어리석구나."

호기롭게 달려오는 왕자에게 보랏빛 안광이 닿았다.

요사스러운 기운이 담긴 그녀의 눈빛을 마주한 순간 왕자의 움직임이 멈췄다.

"내…… 사랑……."

눈빛이 몽롱하다. 그건 정훈이 인어에게 사랑의 묘약을 썼을 때와 흡사했다.

눈빛 하나로 왕자를 제압한 흑야, 그녀가 정훈을 돌아보았다.

"내 너를 어여삐 여겨 특별히 선물을 준비했다."

보나 마나 좋지 않은 선물이겠지.

정훈은 변신 로봇이 합체하는 동안 기다려 주는 착한 악당이 아니었다.

"영혼마저 꿰뚫는 붉은 섬광!"

궁그닐을 투창했다.

붉은 섬광이 번뜩이며 흑야를 향해 쏘아져 나갔다.

챙!

단 한 번도 실망하게 하지 않았던 궁그닐이었지만, 이 강력한 창은 흑야에게 닿기도 전 무형의 보호막에 막혀 아래로 떨어졌다.

'무적기인가?'

일전에도 겪은 바 있던 무적기다.

특수한 이벤트마다 발생해 열불 나게 하는 가장 귀찮은 기술.

괜히 궁그닐의 능력만 낭비한 셈이었다.

손을 앞으로 뻗었다.

그러자 둥실 떠오른 궁그닐이 그의 손으로 돌아왔다.

정훈이 혼자 쇼를 하는 동안 흑야를 감싼 보라색 기운이 사방으로 뻗어 나갔다.

그 기운에 닿은 이들의 눈은 왕자가 그러했던 것처럼 몽롱하게 변했다.

단, 정훈만은 예외였다.

봉인을 푼 그는 흑야와의 '마력 결속'이 생성된 것.

흑야의 그 어떤 마법도 정훈에겐 아무런 영향을 줄 수 없었다.

적어도 흑야에 관해선 절대 면역의 능력을 지니게 된 셈이다.

"내…… 사랑……."

물론 정훈을 제외한 다른 이들은 마법에 저항하지 못했다.

똑같은 대사와 똑같은 행동. 그건 연합군만의 변화가 아니었다.

"푸흑!"

상공에 떠 있던 드래곤이 활강했다.

빠른 속도로 떨어져 지면에 착지한 드래곤의 등에는 정훈과 함께 공성전을 치른 칠공주가 타고 있었다.

"설마?"

정훈의 날카로운 시선이 칠공주의 눈동자를 훑었다.

몽롱하다. 그리고 본래의 색을 잃은, 아주 탁한 보라색 눈동자였다.

흑야가 자랑하는 가장 강력한 주술, 대규모 매혹 마법이 준 영향. 그것은 성性을 초월할 정도였다.

"깔깔깔, 내가 준비한 선물이 마음에 드느냐?"

수십만의 보라색 눈동자가 쏘아보았다.

칠공주, 그리고 연합군과 폐허가 된 성에 남은 왕비군까지, 오직 정훈 한 사람을 제외한 모두가 흑야의 편으로 돌아서는 순간이었다.

"고작 이거야?"

의기양양한 흑야의 귓가에 파고드는 덤덤한 음성.

"허세를 부리고 싶은 게냐?"

허세라고 생각할 수밖에 없다. 수십만의 적이 주위를 둘러싸고 있는데, 어찌 저리 당당할 수 있단 말인가.

"허세? 아니, 고작 쥐새끼 수십 마리를 부리는 주제에 너무 당당하다 싶어서."

쥐새끼 수십만 마리가 모여 봐야 그저 많은 쥐새끼일 뿐이다.

"죽여!"

허세는 이만하면 됐다.

흑야의 명령에 가장 먼저 움직인 건 정예라 할 수 있는 이들, 왕자와 일곱 군단장, 그리고 칠공주였다.

하나하나가 경의 끝, 혹은 강의 초입에 있는 강자들. 그것도 한두 명이 아닌 15명에 달하는 숫자였다.

말은 쥐새끼라는 둥 했지만 방심할 순 없는 상대다.

눈 깜짝할 순간 그의 무장이 변했다.

황금색 찬란한 흉갑과 별다른 세공 없이 둥근 귀걸이 한 쌍.

각기 카바나와 쿤달라라고 불리는 성물급 세트 아이템이었다.

불사의 영웅 카르나가 사용한 것으로 2개 세트를 모두 갖출 시 불사신 능력이 발동되고, 모든 방어 관련 능력이 50퍼센트 향상된다.

사기적인 능력. 단점이라면 이 능력을 유지하기 위해선 대량의 마력이 필요하다는 것이다.

지금 이 순간에도 정훈의 마력은 빠른 속도로 사라지고 있었다.

비록 제한은 되어 있지만, 방어는 갖추어졌다.

필요한 건 단숨에 적을 제압할 힘.

왼손엔 태양의 힘을 품은 검 갈라틴을, 오른손엔 대지의 힘을 품은 아론다이트를 쥐었다.

이 역시 성물급 세트 아이템으로 2개 모두 착용하면 원탁의 라이벌이 발동해 모든 능력치가 20퍼센트 상승한다.

거기에 지금은 가장 해의 기운이 충만한 정오가 아닌가.

갈라틴의 특수 능력 정오의 검이 가장 강력한 힘을 발휘할 때였다.

추가로 근력이 50퍼센트 상승했다.

공격과 방어를 극대화시키는 강력한 무구 세팅이 완성되었다.

"1천 개의 이야기, 그 속에 숨은 힘이여."

세헤라자데가 능력을 발휘했다.

이번에는 정훈이 아닌 그의 적을 위한 것.

그렇지 않아도 부담스러운 전력이 더욱 강화되는 셈이다.

"어딜!"

하지만 이를 두고 볼 정훈이 아니었다.

"내 앞에 모든 마법의 힘은 깨어지리라."

오른손 중지에 낀 사파이어 반지를 돌렸다.

위잉.

그 순간 마력의 파장이 주변을 뒤덮었다.

"……!"

세헤라자데가 눈을 부릅뜬 채 정훈을 응시했다.

그녀는 알고 있었다, 자신이 시전한 마법의 힘이 사라졌다는 것을.

"뭘 놀라고 그래?"

옅은 미소를 짓는다.

그가 사용한 건 해주의 반지로, 랜슬롯이 양어머니인 호수의 여인에게 받은 반지였다.

일정 수준 이하의 마법을 모두 해제하는 성물급 반지.

비록 일회성에 불과하나 반지의 격이 발동한 순간 주변의 모든 마법적인 힘이 사라진다.

안타깝게도 흑야가 펼친 고대의 마법을 깨지는 못했지만, 그래도 버프를 제거했으니 역할은 다한 셈이다.

가장 먼저 처리해야 할 건 역시 버프 능력을 지닌 버퍼.

정훈이 솟구쳤다.

순식간에 공간을 도약한 그는 세헤라자데를 자신의 간극 안에 넣었다.

갈라틴이 수직으로 떨어졌다.

"감히!"

왕자였다.

정훈의 움직임을 쫓은 그가 세헤라자데를 대신했다.

가로로 누인 검이 백색 검의 진로를 가로막았다.

왕자의 은색 검. 그것은 성물급 무기인 듀랜달이었다.

정훈의 두 검과 비교해도 손색없는 강력한 무구다.

하지만 상관없다. 손아귀에 더욱 힘을 주며 그대로 찍었다.

쾅!

현재 정훈의 근력은 강의 끝을 넘어 초과한 상태. 패에 도달한 이가 아니라면 받기 힘든 정도였다.

"크윽!"

그건 왕자 역시 마찬가지였다.

얼마나 강력한 힘인지 그의 몸이 지면에 파묻혔다.

설마 이런 괴력이라니.

방심의 결과는 끔찍했다.

오른손의 아론다이트가 왕자의 목을 그었다.

푸확!

피분수와 함께 머리가 지면을 굴렀다.

템발 왕자가 이격을 버티지 못한 채 죽음에 이르렀다.

강적 하나를 처치했지만, 아직 상대는 많이 남아 있다.

푸욱!

갈라틴이 세헤라자데의 복부로 파고들었다.

한때는 동료였지만, 죽이는 데 아무런 망설임이 없었다.

적으로 돌아선 순간 그들은 아이템을 주는 몬스터에 불과했다.

"대지여, 진동하라."

지반에 균열이 일면서 미친 듯이 흔들렸다.

아론다이트에 내재된 강력한 대지 마법이 발동한 것이다.

균형을 잡을 수조차 없이 흔들리는 상황 속, 유일하게 대지 마법의 영향을 받지 않는 악룡이 날아올라 화염을 내뿜었다.

검에 기를 주입했다.

희뿌연 기가 검을 감싸고, 곧이어 진한 색채를 띠었다.

그간의 수행으로 완연한 검기를 일으킬 수 있게 된 그의 색은 흑색이었다.

두 개 검에 깃든 검기를 엑스 자로 교차하며 뿌렸다.

대기를 가르며 날아간 정훈의 검기와 악룡의 화염이 정면으로 부딪쳤다.

소음? 그런 건 없었다. 길게 뿜어진 화염은 네 등분으로 갈라져 소멸했다.

정훈의 검기만이 남아 악룡에게 쇄도했다.

"캬아악!"

고통에 찬 비명과 몸부림. 얼굴을 난자당한 악룡이 힘없이 추락했다.

"화끈한 주먹 맛 좀 보시지!"

숲속의 공주 오로라. 경지에 이른 무투가의 손과 발이 현란하게 움직였다.

키잉!

오딘의 안대가 능력을 발휘했다.

그녀가 그리는 공격의 궤적이 그려졌다.

그곳에 검을 찔렀다.

파파팍!

찰나에 순간 수십 합이 마주쳤다.

오로라의 공격은 모두 상쇄되었다.

그녀는 곤란한 모습을 하며 뒤로 물러났다.

하지만 적의 파상공세가 끝난 건 아니었다.

'숨어 있군.'

명상을 통해 터득한 기감氣感.

마치 거미줄처럼 촘촘하게 펼쳐 놓은 기감을 건드리는 낯선 기운이 있었다.

어딘지 정확하게 알 수는 없다. 하지만 분명 누군가 숨어 있음을 알 수 있다.

"합!"

돌연 고함을 내질렀다.

사방으로 뻗어 나가는 성난 기세는 숨어 있던 누군가를 드러내기에 충분한 것이었다.

지면을 기고 있는 아주 작은 존재. 엄지공주가 정훈의 발밑에서 나타났다.

"칫!"

목적지가 눈앞이다.

마사무네를 뽑아 든 그녀가 정훈의 종아리를 노렸다.

하지만 정훈의 아론다이트가 더 빨랐다.

그녀의 몸을 꿰뚫은 검이 지면에 깊숙이 박혔다.

실상 은신술이 뛰어난 엄지공주는 무력적인 부분에서는 정훈의 상대가 될 수 없었던 것이다.

하지만 그 순간 결정적인 빈틈을 드러낼 수밖에 없었다.

잠시 물러나 있던 오로라, 그리고 레나, 라푼젤, 일곱 난쟁이가 동시에 짓쳐 들었다.

피할 수 있는 모든 범위를 차단한 채 각자의 무기를 휘둘렀다.

　마치 앞선 두 명은 미끼였다는 듯 그 공격에 빈틈 따윈 존재하지 않았다.

　"내가 있어야 할 곳으로."

　다이아몬드 반지가 번쩍였다.

　카칵!

　갑작스레 사라진 정훈으로 인해 서로의 무기가 충돌했다.

　정훈은 본래 있었던 곳보다 훨씬 멀리 떨어진 외곽으로 이동한 상태.

　대마법사 멀린의 이능이 깃든 순간 이동 반지는 결정적인 위기에서 정훈을 보호해 주었다.

　한숨을 돌린 그가 빠르게 주변을 훑었다.

　언제까지 잔챙이들만을 상대할 순 없다.

　공격 명령과 동시에 자취를 감춘 흑야를 찾아야만 했다.

　"오호호홋!"

　애써 찾을 필욘 없었다.

　그나마 본래의 모습을 유지하고 있는 첨탑에 올라서 있었다.

　고오오오.

　강렬한 마력을 발산하고 있었다.

　대기가 어그러질 정도로 범상치 않은 기운. 가만히 내버려 됐다간 큰일 날 게 틀림없다.

가만히 내버려 둘 수 없지.

펜릴에게도 치명적인 일격을 준 바 있던 최강의 한 방 세팅.

팔찌 드라우프니르, 허리띠 메긴교르드, 그리고 번개의 힘을 지닌 몰니르를 들었다.

"망치 나가신다!"

세 개 무구의 격이 발동한 최후의 일격이 흑야를 향해 날아갔다.

광속. 그것은 피할 수 있는 영역의 속도가 아니었다.

콰쾅!

흑야가 밟고 서 있던 첨탑은 모래성처럼 너무도 간단히 허물어졌다.

그 위력이 얼마나 강했는지 정말 모래알처럼 완전히 바스러졌다.

'놓쳤다.'

하지만 정훈은 느꼈다, 회심의 일격이 빗나갔음을.

흑야에게도 그와 같은 탈출기가 있었던 것이다.

"생각보다 위험한 녀석이로구나. 하지만 그것도 이제 끝이다."

연합군의 병력 속에 숨은 그녀가 낭랑하게 외쳤다.

꽤 오랜 시간 동안 준비해야 하는 고대의 대마법이 완성되었다.

"피의 제물을 바치오니 이곳에 강림하소서."

악마 소환.

수많은 이들을 제물로 바쳐 강력한 악마를 소환하는 고대의 주문이다.

바닥이 검게 물들며 피의 오망성이 그려졌다.

무려 1킬로미터에 이르는 대범위 소환진이었다.

위험하다. 정훈의 본능이 외치고 있었다.

보관함에서 아이템을 꺼냈다.

그건 일전에 진수가 사용하려던 신속의 날개였다.

그것을 움켜쥐자 등 뒤에서 초록색 날개가 솟아났다.

지면을 박찼다.

이동속도가 대폭 상승한 그의 움직임은 이미 인간의 영역을 초월한 것이었다.

마치 순간 이동을 하듯 범위에서 벗어났다.

벗어난 건 그 한 명.

소환진의 영향에 있던 연합군과 왕비군, 그리고 퀘스트를 위해 온 입문자들에게 변화가 찾아왔다.

드드득.

약 1미터 정도 허공에 떠오른 그들의 육신이 뒤틀렸다.

보이지 않는 누군가가 팔과 다리를 잡고 쥐어짜는 듯했다.

하지만 그 누구도 비명 하나 지르지 않았다.

마법의 영향으로 고통이 느껴지지 않은 것이다.

눈 깜짝할 사이 십만이 넘는 인원이 피죽이 되어 지면에 흩뿌려졌다.

"오오!"

환희에 찬 흑야의 외침.

마침내 검게 물든 오망성에서 붉은 빛이 새어 나오기 시작했다.

처음에는 미약했으나 나중에는 세상을 붉게 물들일 것처럼 새빨갛게 빛났다.

화악-.

눈을 멀게 할 정도로 강렬한 빛이 터져 나온 그 순간, 칠흑으로 물든 지면에서부터 서서히 위로 떠오르는 존재가 있었다.

"어서 오십시오, 사바트의 염소여!"

거대한 뿔을 지닌 산양의 머리, 근육질의 몸, 등을 장식하는 검은 날개.

이 외형이 가리키는 것은 단 하나, 고위급 악마인 바포메트뿐이었다.

악마. 그것도 고위급의 악마라면 패의 능력치 이상을 지닌 괴물이다.

아무리 정훈이라 해도 감당할 수 없는, 아니, 100퍼센트 전력을 다해도 거의 질 게 뻔한 괴물 중의 괴물이었다.

절대 2막 따위에서 나와선 안 되는 논외의 대상인 것이다.

−나의 시종아, 네가 나를 불렀느냐?

지하에서 울리는 듯한 저음.

바포메트가 흑야를 향해 물었다.

"그렇습니다, 나의 주인이시여. 내 눈앞에 있는 저 인간에게 당신의 위대한 힘을 보여 주시길 간청하는 바입니다."

−인간이라……

칠흑의 어둠을 품은 바포메트의 눈동자가 정훈에게 향했다.

−네 소원을 들어주겠노라.

마치 이미 이루어 놓은 일인 양 쉽게 대답했다.

그럴 수밖에 없다.

바포메트에게 한낱 인간 따위는 눈빛만으로도 죽일 수 있는 하등한 생물에 불과했으니까.

"하하, 하하하하하!"

생명이 위태로운 위험한 순간, 정훈의 호쾌한 웃음소리가 멀리 퍼져 나갔다.

−뭐가 우스운가, 인간?

감히 자신을 앞에 두고 웃을 수 있는 인간이 있다니.

실성이라도 한 것일까?

바포메트는 문득 의문을 느꼈다.

"재밌잖아. 그 많은 사람을 죽여 놓고 불러낸 게 고작 너라니."

−고작? 하찮은 인간 녀석이!

바포메트는 분노했다.

당장에라도 녀석의 목을 비틀어 그 피를 마셔 버릴 작정이었다.

"이거 보여?"

높게 손을 든 오른손 엄지에 끼워진 반지를 확인한 순간…….

-그, 그것을 네놈이 어떻게?

바포메트의 육신이 떨려 왔다.

그는 눈에 띄게 당황하고 있었다.

그것은 재질을 알 수 없는 검은 광택의 반지였다.

별 모양으로 세공된 안쪽에는 하나의 문장이 새겨져 있었다.

"내 앞에 모든 악마가 무릎 꿇었다."

72 마신을 봉인한 지혜의 왕 솔로몬, 바로 그의 힘이 깃든 반지였다.

물론 진품이 아닌 모조품이다.

고작 모조품에 불과하나, 솔로몬의 권능이 '일부' 깃들어 있는 만큼 전설 등급을 자랑한다.

"뭐 해? 종복이 주인의 반지를 봤으면 인사를 해야지?"

정훈이 반지를 흔들어 보였다.

비록 72 마신에는 들지 못하나 바포메트 또한 악마였다.

권위 높은 악마를 모두 봉인하고, 그들의 주인이 된 솔로몬의 권위를 본 악마는 의례적으로 한 가지 행동을 취해야만 한다.

-크으.

바포메트의 육신이 분노로 떨렸다.

하지만 어찌할 방도가 없다. 솔로몬의 권위 앞에선 그도 나약한 악마 나부랭이에 불과했으니까.

-미천한 종복이 위대하신 왕의 권위를 뵙나이다.

무릎을 꿇으며 양손을 위로 들어 올렸다.

이건 의식이다. 위대한 왕의 권위에 복종하겠다는 의미.

"주, 주인이시여!"

갑작스러운 광경에 가장 놀란 건 흑야였다.

이게 도대체 어찌 된 일인가.

하급도 아닌 고위급의 악마가 한낱 인간에게 무릎을 꿇다니.

"어찌 인간 따위에게⋯⋯."

-닥쳐라, 미천한 것!

바포메트가 성난 외침을 터뜨렸다.

굳이 덧붙이지 않아도 충분히 굴욕적이다.

-네년이 날 부르지만 않았어도⋯⋯.

칠흑을 품은 눈동자가 붉게 변했다.

"허업!"

마치 지옥 불이 이글거리는 듯한 그 변화에 흑야는 겁을

집어먹을 수밖에 없었다.

죽일 듯 한참 동안 노려보던 바포메트는…….

−더는 이곳에 있을 가치가 없으니 나는 돌아가겠다.

악마는 솔로몬의 권위를 지닌 자를 공격할 수 없다. 아니, 정확히는 먼저 공격할 수 없다는 게 맞는 말이다.

감히 자신을 먼저 공격할 일은 없을 테니 이곳에서 할 일은 없는 셈이다.

더 굴욕적인 상황이 일어나기 전에 돌아가는 것을 택했다.

"주인님!"

안달 난 건 흑야였다.

정훈은 마력 결속으로 인해 어떤 마법도 통하지 않는 최악의 상대였다.

이대로 바포메트가 돌아가 버린다면 그녀에게 남은 건 죽음밖에 없다.

흑야는 이 상황을 도무지 받아들일 수 없었다.

−한 번만 더 지껄였다간 네년의 혓바닥을 잘라 버리겠다.

바포메트의 입장에선 많이 참고 있었다.

보통은 여지도 남겨 주지 않은 채 죽여 버렸을 테지만, 흑야가 자신을 숭배하는 신도기 때문에 인정을 베푼 것이다.

하지만 그마저도 이젠 끝이다. 그녀의 생사는 관심 없다.

−가겠다!

두려움에 떨고 있는 흑야를 내버려 둔 채 마력을 끌어 올렸다.

피가 뚝뚝 떨어지는 해골 지팡이를 들어 귀환의 술법을 사용하려던 그 순간이었다.

"누가 가도 된다고 했지?"

옅은 미소를 띤 정훈이었다.

바포메트는 정훈을 흘깃 쳐다본 후 입을 열었다.

-왕의 권위에 대한 예는 표했다. 거기에 깃든 권능으론 내 행동을 구속할 순 없다.

태고급의 진품이라면 행동도 구속할 수 있을 것이다.

하지만 모조품엔 예를 표하는 것 이상의 존경을 보여 줄 순 없다.

"뭐, 그렇긴 한데. 아쉬워서. 힘들 게 만난 고위급 악마를 그냥 보낼 순 없잖아."

모조품이라곤 하나 그 능력마저도 모조품인 건 아니다.

반지에 깃든 3회 한정 격을 발동했다.

"악마의 왕이 명하니, 너는 내 앞에서 움직일 수 없을 것이다."

반지에서 뿜어져 나온 검은 기운이 바포메트를 옭아맸다.

그것은 솔로몬의 반지(흑)가 지닌 악마를 다루는 권능이었다.

-이게 무슨 짓이냐?

예상하지 못한 일이었다. 설마 모조품에 이런 능력이 있을 줄은⋯⋯.

"넌 일단 가만히 있고."

권능이 발동된 이상 바포메트는 다 잡은 먹이나 다름없다. 그의 눈이 자연스레 흑야에게 향했다.

"아아!"

마치 먹이를 발견한 뱀의 눈빛에, 흑야는 절망에 빠질 수밖에 없었다.

바포메트를 소환하는 덴 제물도 제물이지만, 공간을 뒤틀 그녀의 마력도 필요했다.

한마디로 지금 그녀의 마력은 바닥이었다.

엎친 데 덮친 격으로 조금 전 유일한 탈출기마저도 사용한 탓에 저항할 힘이 남아 있지 않았던 것이다.

애초에 다른 경우의 수를 생각하지 않은 탓이었다.

바포메트를 소환하면 모든 게 끝날 줄 알았는데, 끝나는 건 상대가 아니라 자신의 목숨이었다.

저벅.

다가오는 정훈을 바라보았다.

추악한 그녀의 육신이 바들바들 떨리고 있었다.

한 줌의 마력이라도 남아 있었다면 불사의 술법으로 어떻게든 여지를 마련해 둘 수 있었겠지만, 마력이 바닥난 지금은 할 수 있는 게 없었다.

물론 정훈도 그 사실을 알고 있었다.

"그냥 죽진 못할 거야."

무심히 한마디를 내뱉은 그의 손에서 섬광이 번뜩였다.

스윽.

"아악!"

갈라틴이 눈을 베고 지나갔다.

육신은 인간의 것이 아니었으나 고통은 느낀다.

비명을 지른 그녀가 얼굴에 손을 가져간 채 고통에 몸부림치고 있었다.

"뭘, 그 정도로. 이제 시작인데."

말 그대로 시작이었다.

이어서 양팔을 잘랐다.

잘린 단면 사이로 끈적이는 검은 액체가 흘렀다.

다리도 마찬가지였다.

눈에 이어서 팔과 다릴 잃은 흑야가 바로 누운 채 바둥거렸다.

푸푹.

일말의 망설임 없이 검을 찔러 댔다.

가슴, 옆구리, 복부 등 치명적인 급소를 피한 그의 공격은 고통만 가중시킬 뿐이었다.

"그, 그만! 그만 죽여 줘. 제발!"

급기야 죽여 달라고 간절히 애원하는 지경에 이르렀다.

"벌써? 아직 다 못했는데."

말투는 덤덤했으나 사실 정훈은 무척 분노한 상태였다.

그래도 한때는 아군이었던 이들을 마법으로 매혹시켜 적으로 만들었다.

손에 피를 묻히는 데 망설임은 없었으나 유쾌한 기분은 아니었다.

게다가…….

'그 녀석이 있었을 텐데.'

가장 안타까운 건 대행자 후보인 준형의 죽음이었다.

물론 눈으로 확인한 건 아니지만 퀘스트를 진행해야 하는 입문자의 한계상 반드시 이곳에 왔을 테고, 그럼 죽었을 것이 분명해 보였다.

나름 아끼는 이의 죽음. 그 분노는 고스란히 흑야에게 향했다.

고문을 하듯 쉴 새 없이 칼로 찔러 그야말로 난도질을 해 났다.

애초에 인간 같지도 않은 육체였던 데다가 정훈의 패시브 스킬, 불굴의 정신은 잔혹한 그 광경을 아무렇지도 않게 받아들일 수 있게끔 해 주었다.

"허윽!"

짧은 비명과 함께 숨이 끊어졌다.

한때는 대마녀라 불리며 무서울 것 없었던 흑야의 끝은 비참하기 이를 데 없는 것이었다.

-두 번째 시나리오 종료.

아직 바포메트가 남았지만, 그는 시나리오상 논외의 존재.
원흉인 대마녀 흑야의 죽음으로 시나리오는 종료되었다.

-생존 인원 581.
-활약에 따른 보상 정산 중.

아이템
매니아

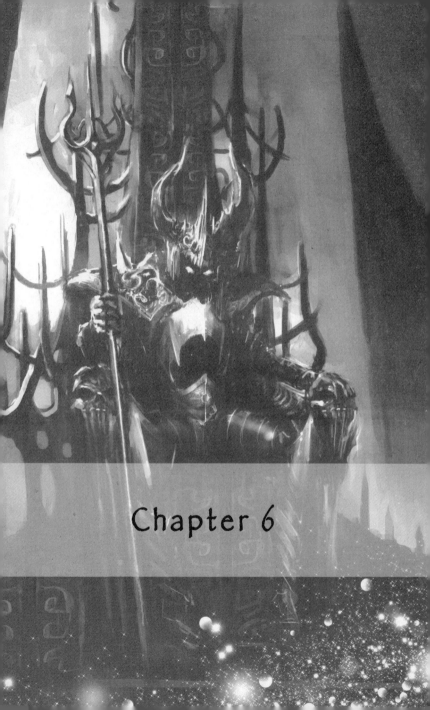

Chapter 6

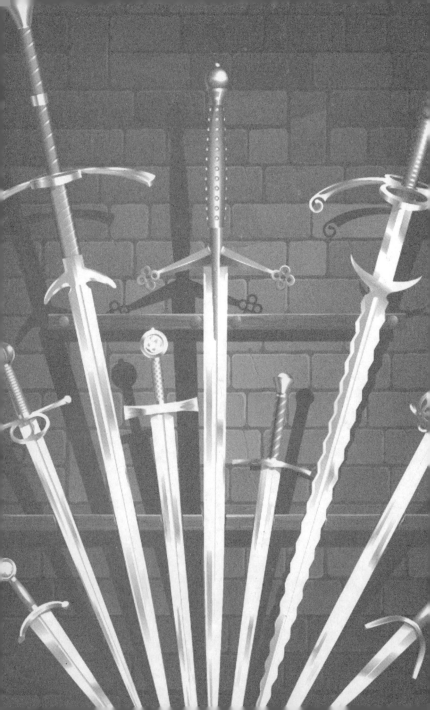

'생존자가 있어?'

깜짝 놀랐다. 설마 이 접전 중에 살아남은 자가 있을 줄이야.

'아니, 애초에 오지 않은 거겠지.'

퀘스트 라인을 따라오지 않은 자가 있다는 것이다.

겁이 나서 오지 않았을 수도 있지만, 그러기엔 숫자가 너무 많다.

어쩌면 이건…….

'누군가 의도한 건가?'

상황이 이리될 것을 알고 빠진 것일 수도 있다.

만약 그렇다면 아주 현명한 결정을 한 셈이다.

그 결정 하나로 모두의 목숨을 살린 셈이니 말이다.

'살아 있으면 좋겠는데.'

준형. 만약 그가 살아남았고, 이 모든 일을 지휘했다면 응당한 보상이 뒤따를 것이다.

그가 상념에 빠진 사이 메시지가 떴다.

-정산 끝.

-활약도 100퍼센트의 경이로운 성적을 보여 준 입문자에게 모든 능력치 200 상승의 축복과 '보상의 상자(아다만트)'를.

-최초로 제2시나리오 100퍼센트 활약도 달성. '언령 : 2막의 파괴자' 각인.

-최초로 제2시나리오 보스 흑야 처치. '언령 : 마녀는 잠에 빠지고' 각인.

언령 : 2막의 파괴자

획득 경로 : 최초로 제2시나리오 활약도 100퍼센트 달성
각인 능력 : 모든 능력치 +12, 모든 속성 +12퍼센트, 모든 숙련도 추가
　　　　　　상승률 +12퍼센트

언령 : 마녀는 잠에 빠지고

획득 경로 : 최초로 제2시나리오 보스 대마녀 흑야 처치
각인 능력 : 모든 능력치 +30, 마력 +10퍼센트

과연 100퍼센트 활약도를 보인 보상이라 할 만했다.

다이아보다 한 단계 높은 아다만트 보상의 상자와 함께 각종 부가적인 능력치의 상승이 이루 말할 수 없을 정도였다.

'그리고 하나 더.'

이게 끝이 아니다.

먹음직스러운 먹이 하나가 더 남아 있다.

솔로몬의 반지에 의해 육신과 영혼이 구속된 바포메트.

지금 정훈에게는 고위급 악마가 아닌 당첨이 보장된 복권이나 다름없었다.

–제2시나리오, 백설과 일곱 난쟁이 종료.

–제3시나리오 포털 작동.

–스노우 성 중앙에 포털 생성.

–포털 종료까지 남은 시간 9시간 59분 59초.

아직 시간의 여유는 많다. 이젠 복권을 긁을 차례였다.

바포메트를 향해 걸음을 옮겼다.

한 걸음, 두 걸음.

점차 가까워지는 정훈을 응시하던 바포메트가 입을 열었다.

–소용없다. 필멸자여. 나에게 안식은 없으니. 다만 육신을 잃을 뿐이다.

하급 악마라면 모를까, 고위급 악마에게 죽음의 안식이란 없다.

다만 육신의 생명이 다하는 순간 본래의 세계, 꺼지지 않는 지옥의 불구덩이 속으로 돌아가게 되는 것이다.

"그건 나도 잘 알고 있지."

FT의 현자(?)라 할 수 있을 정도로 박학다식한 정훈이 이 사실을 모를 턱이 없었다.

─알고 있다면 잘됐군. 날 그냥 보내다오. 그렇게만 해 준다면 네가 탐낼 만한 보물을 넘겨주마.

이 세계로 소환되면서 재구성된 육신의 소멸은 악마에게도 꽤 큰 타격이다. 그러니 그것을 면하게 해 주면 보상을 주겠다는 매력적인 제안이었다.

"필요 없어."

순간 바포메트는 자신의 귀를 의심했다.

─방금 뭐라고 했지?

"필요 없다고. 네가 직접 주는 건 관심 없어."

그간의 경험을 통해 고위급 악마가 제안하는 보물이란 게 얼마나 형편없는 수준인지 알고 있었다.

물론 다른 입문자들에겐 보물이겠지만, 정훈에겐 성도 안 차는 하찮은 보상에 불과했다.

'적어도 이 반지에 준하는 보상은 받아야지.'

바포메트를 구속한 솔로몬의 반지(흑)에 균열이 간 상태였다.

본래 이 반지는 3회 한정으로만 악마들에게 절대의 명령을 내릴 수 있다.

게임 속에서 한주먹 캐릭터가 2회를 사용했고, 조금 전 나머지 1회를 사용하면서 쓸모를 다하고 말았다.

무려 전설급의 반지다.

특히 고위급의 액세서리는 무기에 준하는 가치를 지닌 아이템. 최소한 반지에 준하는 대단한 보물을 얻기 전까지는 고이 돌려보내지 않을 것이다.

─하, 건방진. 어디 마음대로 해 보아라. 고작 껍데기의 고통으로 날 굴복시킬 순 없을 테니.

맞는 말이다.

악마는 고통에 익숙한 존재, 고작 껍데기에 불과한 육신에 고통을 가한다고 굴복하지 않을 것이다.

그렇다고 죽이는 것도 안 된다.

최소 성물 등급 이상의 아이템을 드롭할 테지만, 그건 굴러들어온 복을 걷어차는 꼴이다.

이 세계, FT에선 명언 하나가 있다.

악마는 굉장한 부자다. 혹여 그들을 만나거든 털어먹을 만큼 털어먹어라.

악마는 공통으로 한 가지 취미를 지니고 있다.

마법적 힘이 깃든 무구를 모으는 것. 당연히 고위급으로 갈수록 더 희귀하고, 높은 등급의 무구를 지니고 있다.

바포메트 정도 되는 악마라면 상당한 무구를 지니고 있을 터.

이러한 사실을 알고 있는 정훈에게 바포메트는 악마가 아닌 황금 자루를 든 고블린이었다.

"생각만큼 그리 유쾌하진 않을 거야."

의미심장한 말과 함께 보관함을 열었다.

신성한 기운이 느껴지는 은색 병을 꺼냈다.

"익숙하지?"

─…….

어떤 대답도 하지 않았다. 아예 대꾸도 하지 않기로 마음먹은 듯했다.

"그래. 언제까지 그렇게 입을 다물고 있을지 지켜볼게."

굳이 대화가 필요한가.

참느냐, 아니면 굴복시키느냐. 승부가 시작되었다.

은색 병의 마개를 열어 곧장 바포메트의 얼굴에다 뿌렸다.

치이익─.

육신에 닿은 즉시 요란한 소릴 내며 타들어 갔다.

염산과 같은 화학 약품이 아니다.

성수聖水.

성스런 힘이 깃든 물건을 물에 녹여 만드는 특수한 소비 용품이었다.

보통은 일반 물과 같지만, 악마와 같은 악Evil 계열의 적에겐 치명적인 피해를 준다.

—…….

그 고통이 대단할 텐데 바포메트는 신음도 내뱉지 않았다.

불길이 이는 듯한 눈동자로 정훈만을 응시할 뿐이었다.

치익, 치이익.

얼굴에 이어 온몸에 성수를 뿌려 댔지만, 여전히 반응은
없었다.

"역시 고위급 악마시라 잘 버티네. 그럼 이건 어때?"

마치 대학교 전공 서적을 보듯 두꺼운 두께의 책을 펼쳤다.

그것을 확인한 바포메트의 눈동자가 미미하게 떨렸다.

"오, 반응 좀 있네. 이건 너도 싫은가 보지?"

정훈이 꺼낸 건 솔로몬 왕의 경전. 72 마신을 굴복시켰던
일대기를 기록한 것이었다.

"어디 보자. 그러니까 솔로몬 왕이 길을 가던 때였다. 악
마 안드로말리우스가……."

악마의 입장에서는 굴욕스럽기 그지없는 이야기다.

그들이 모시는 모든 마신이 나약한 인간 따위에게 굴복한
이야기였으니 말이다.

차라리 육신에 가해지는 고통이라면 참았을 것이다.

하지만 이건 정신적인 영역.

바포메트가 미세하게 떨기 시작했다.

극도의 분노로 인한 잔떨림이었다.

이를 감지한 정훈은 침을 튀겨 가며 솔로몬의 여정을 상세하게 읽어 나갔다.

지겨운 시간이었다.

설사 재밌는 이야기라 해도 하품이 나올 법한 시간이 흘렀을 때였다.

"……그렇게 바알은 솔로몬 왕에게 굴복했고, 비로소 72마신 모두가 무릎을 꿇었다."

지겨운 이야기가 끝났다.

보통은 그저 지겨울 정도의 이야기겠지만, 악마인 바포메트에게는 아니었다.

굴욕적이고 비참했다.

차라리 두 귀를 뜯어 내고 싶은 심정이었지만, 손가락 하나 까닥하지 못하는 구속 상태였기에 어쩔 수 없었다.

그래도 이를 악물고 버텨 냈다.

고작 인간 따위에게 굴복하진 않을 것이다.

'예상한 대로네.'

마치 대단한 일을 이뤄 낸 양 의기양양한 바포메트였다.

하지만 그를 바라보는 정훈은 아주 태연했다.

성수나 솔로몬의 여정에 굴복하지 않으리란 건 너무도 잘 알고 있었다.

그럼에도 할 수밖에 없었던 건 악마를 굴복시키는 필수 과정이었기 때문이었다.

처음엔 육신, 그리고 이어서 정신. 마지막을 장식할 것은 이것. 정훈이 든 건 볼품없어 보이는 나무창이었다.

-그, 그건!

그 어떤 것에도 놀라지 않을 자신이 있었다.

하지만 눈앞에 있는 창만큼은 예외였다.

"너희 악마들에겐 유명하지?"

이 볼품없는 나무창은 운명의 창이라 불리는 것이었다.

어느 순교자의 피가 묻은 일반 등급의 무기. 하지만 이 창의 가치는 등급으로 매길 수 있는 게 아니다.

'이걸 얻으려고 얼마나 개고생했는지.'

추억이 새록새록 떠올랐다.

악마를 털어먹기 위해 반드시 준비해야 할 세 가지.

성수나 솔로몬의 경전은 비교적 쉽게 구했지만, 운명의 창은 아니었다.

제작에 필요한 다른 재료는 길가에 널렸다. 하지만 순교자의 피는 입수 난이도가 어마어마했다.

몇 명 존재하지 않는 대사제의 피를 묻혀야 하기에 온갖 잠입 액션을 펼친 것은 물론 암살 시도로 인해 교단의 추격을 받아 오랜 시간 동안 숨어서 지내야만 했다.

그렇게 완성된 게 이 운명의 창이다.

악마를 괴롭히는 최종 진화 병기. 앞서 두 차례의 과정을 끝마쳐 기진맥진한 바포메트를 천국으로 인도할 비장의 무기였다.

푸욱!

사전 준비는 없었다.

아주 느릿하게, 충분히 공포를 느낄 수 있도록 천천히 찔러 넣었다.

－끄으으으아아아악!

굳게 닫혀 있던 바포메트의 입이 열렸다. 아니, 사실 그건 육성이 아니었다.

영혼의 메아리.

운명의 창은 악마의 육신이 아닌 영혼에 흠집을 내고 있었다.

섬뜩한 비명에도 아랑곳하지 않았다.

그저 특유의 덤덤한 표정으로 찌르기에 여념이 없었다.

그건 마치 삶은 감자가 익었는지 찔러 보는 것과 같은 기계적인 행위에 불과했다.

－그, 그만, 그마안!

결국, 바포메트가 입을 열었다. 사실상 포기 선언이나 다름없었다.

푸욱!

하지만 정훈의 손은 멈추지 않았다.

－끄으…….

숨넘어가는 비명과 함께 고개를 떨궜다.

선 채로 축 늘어진 양손. 어딜 봐도 죽은 것으로 보였다.

푸욱!

그럼에도 운명의 창은 여전히 바포메트의 육신을 짓밟고 있었다.

한 번, 두 번, 그리고 열 번에 이르는 공격에도 미동이 없다.

진짜 죽은 게 아닐까.

'놀고 있네.'

악마의 육신은 쉽게 소멸하지 않는다.

방법은 오직 하나. 미간에 있는 계약의 인을 깨뜨리는 것.

지금껏 운명의 창은 얼굴 근처에도 가지 않았다.

이 영악한 악마가 죽은 척을 하는 것이다.

하지만 오래가지 못할 터였다.

푸욱!

-끄으익

정훈의 예상대로였다. 회심의 비기는 금방 들통 나고 말았다.

-내, 내가 졌다. 가지고 싶은 게 뭔가? 말만 하면 뭐든 주겠다. 그러니 제발 멈춰다오.

악마가 애원하는 진풍경. 그도 그럴 게 운명의 창은 악마에게는 쥐약과도 같기 때문이다.

창에 찔렸을 때 평상시 인간이 느끼는 고통을 10이라 하면 운명의 창에 찔렸을 때 느끼는 악마의 고통은 1만에 달한다.

아무리 정신력이 초월의 영역에 다다른 고위급 악마라 해도 당해 낼 재간이 없는 것이다.

"뭐 줄 건데?"

드디어 정훈의 손이 멈췄다.

결코 멈추지 않을 것만 같던 잔혹한 손이 멈춘 것이다.

─이, 이거면 어떨까 싶은데.

거만하기 이를 데 없던 바포메트에게서 다급함이 느껴졌다.

딱!

손을 튀기자 허공에 나타난 건 진한 연녹색 부정의 기운을 물씬 풍기는 검이었다.

─마검 티르빙. 내가 아끼는 보물 중 하나다.

반드시 소유자를 파멸로 이끌고 만다는 지독한 마검.

성물급의 무기긴 하나 바포메트의 악의가 느껴지는 부분이었다.

"괜찮네. 그럼……."

정훈이 막 티르빙에 손을 가져가려 할 때였다.

돌연 눈앞에서 마검이 사라졌다.

─이걸 받는 대가로 날 풀어 준다 약속해라. 아니, 일격에 육신을 소멸해다오.

곱게 풀어 줄 턱이 없으니 육신이라도 소멸시켜 주길 바랐다.

"물론."

정훈이 고갤 끄덕이자 그제야 티르빙을 다시 소환했다.

불길한 기운을 풍기는 티르빙이 정훈의 보관함으로 사라졌다.

그리고…….

푸욱.

-끄으으으으아아아악!

다시 한 번 비명이 울려 퍼졌다.

-약속이 틀리지 않느냐, 인간!

"아, 미안. 우리 인간은 너희 악마와는 달라서 약속이나 계약을 밥 먹듯이 어기거든."

본디 악마란 약속과 계약을 어겨서는 안 되는 존재다.

그렇기에 상대도 그럴 것이라 믿는다.

정훈은 이 점을 이용했다. 고작 성물급 무구 하나는 성에도 차지 않는다.

약속이란 깨라고 있는 것. 거리낄 게 없었다.

-이, 이 비겁한 인간 놈들! 끄악!

욕을 하든 말든 운명의 창이 온몸을 쑤셔 댔다.

성수, 그리고 솔로몬의 경전에 이은 운명의 창까지.

만신창이가 된 바포메트는 굴복할 수밖에 없었고, 결국엔 지니고 있는 대다수의 보물을 바쳐야만 했다.

-사바트의 염소, 바포메트 처치. '언령 : 악마 사냥꾼' 각인.

바포메트의 육신이 한 줌 재로 변한 순간 언령을 획득할수 있었다.

바닥엔 바포메트가 드롭한 아이템이 가득했다.

비록 건질 만한 건 씨앗과 보석 그리고 유물급 하나가 전부였지만, 실망하는 일은 없었다.

황금 보따리를 찢어 얻은 6개의 무구가 있었기 때문이다.

성물급의 티르빙과 다인슬레이프 아조트, 그리고 유물급 3개.

그중에서도 가장 마음에 드는 건 보랏빛 검신의 단검, 아조트였다.

손잡이 중앙 부근에 생동감 넘치는 새가 장식된 이 단검은 사실 전투용이 아니다.

오직 연금술의 향상을 위해 제작된 특수 투기.

그 능력의 면면을 보면 화려하기 그지없다.

연금술 숙련도를 전문가로 보정하고, 배합이나 조합 실패 확률을 30퍼센트 감소시킨다.

단검을 쥐고 있는 것만으로도 웬만해선 물약을 만드는 일에 실패하지 않는다.

거기에 추가 숙련도 상승률 10퍼센트는 왜 이것이 연금술사들이 희망하는 아이템이자 현자의 돌 이상의 가치를 지니는지 잘 설명해 준다.

이 정도만으로도 충분히 성물급의 역할은 다한 셈이지만, 이게 전부가 아니었다.

보관함에 넣고 다니는 것만으로도 복용하는 모든 물약의 효과를 20퍼센트 향상하며, 격을 발동하면 전문가 이하의 모든 제조법을 알고 있는 사역마使役魔 아조트를 소환할 수 있다.

단검에 봉인된 악마 아조트.

전투에 큰 도움이 되지 못하지만, 연금술에 관한 각종 조언으로 대성공 확률을 15퍼센트나 상승시켜 주는 고마운 녀석이다.

다만 소환할 때 마력이 필요하다는 게 문제긴 하나 지금 정훈의 마력은 충분하고도 넘칠 정도니 크게 상관없었다.

"모든 게 나의 손에."

뜻밖의 수확에 기뻐하며 렐레고의 부적을 발동했다.

흑야가 펼친 소환진에 의해 대다수 먹이(?)를 빼앗겼지만, 그래도 중요한 왕자나 칠공주의 전리품이 남아 있었다.

왕자가 지니고 있던 듀랜달과 3티어 주사위인 은과 진은 주사위 몇 개가 보관함으로 들어갔다.

떨어져 있던 모든 전리품을 획득했다.

'이제 이걸……'

정훈이 가장 기대하는 순간이 다가왔다.

보관함에서 빼낸 건 광택 나는 검은 금속 상자였다.

100퍼센트의 활약도를 달성하면서 얻은 보상의 상자(아다만트)였다.

오리할콘을 제외하면 가장 높은 등급의 상자다.

'만약 이게 2막이 아니었다면 오리할콘을 얻을 수도 있었을 텐데.'

100퍼센트의 활약을 달성했지만, 최고 등급 오리할콘을 얻진 못했다.

그럴 수밖에 없는 게 고작 2막에 불과하기 때문이다.

시나리오가 진행되면 진행될수록 난이도가 올라가는 만큼 초반부인 지금은 최고 등급의 상자를 얻을 수 없다.

지금은 아다만트에 만족할 수밖에 없었다.

'가자!'

아무리 정훈이라도 긴장되는 순간이었다.

힘을 주어 높게 던지자, 공중에서 빙글빙글 돌던 상자가 곧 지면으로 떨어지기 시작했다.

쿵!

"음?"

지면에 닿은 충격으로 잠겨 있던 상자의 문이 열려야 하지만, 아무런 반응이 없었다.

상자에는 변화가 없었으나……

–추가 설정 감지.

–두 가지 설정 중 한 가지 택일.

–확정(전설) or 유물에서 불멸 등급까지의 4개 아이템.

–선택까지 1분.

–59초, 58초.

생각지도 못했던 안내에 조금은 당황했다.

'어, 그러니까.'

전설급으로 확정된 1개 아이템이냐, 아니면 유물에서 불멸까지 무작위로 나오는 4개 아이템이냐.

고민이 될 수밖에 없었지만, 시간은 많지 않았다.

째깍째깍.

시간이 흐른다.

한 번도 얻지 못했던 보상이었기에 미처 준비하지 못한 정훈으로선 난감할 수밖에 없었다.

'괜히 확률에 기대했다가 쪽박이라도 차면…….'

이성은 전설급 확정을 선택하라 말한다. 하지만 이성을 제외한 모든 감각은 무작위 4개 아이템을 원하고 있었다.

'그래도 전설 하나는 나오겠지.'

그래도 유물에서 불멸 등급 사이의 4개 아이템인데 쪽박을 찰까.

그의 결심이 굳은 순간 선택은 완료되었다.

—보상의 상자(아다만트) 개봉.

챠르륵.

무지갯빛 광채와 함께 아이템 4개가 쏟아졌다.

"아, 제길!"

욕설이 절로 나왔다.

떨어진 아이템이 모두 유물급이었던 것이다.

인간은 어리석고, 언제나 같은 실수를 반복한다.

마음 한구석엔 분명 이리될 것을 예상했으면서도 바보 같은 짓을 저질렀다.

"후우."

땅이 꺼져라 한숨을 내쉬었다. 혹 불멸급이 뜨지 않을까 기대했던 붕 뜬 마음이 처참하게 가라앉았다.

차라리 전설 확정으로 할 것을. 밀려오는 허탈감에 무구를 회수할 생각조차 하지 못했다. 그저 바라보기만 할 뿐이었다.

'이건 있는 거. 저것도, 그리고 저것도. 저건 없는 건데.'

그래도 하나 정도는 수집품으로서의 가치를⋯⋯.

"가만?"

무언가 떠오른 정훈의 시선이 다시금 떨어진 검을 살폈다.

특별한 세공 없이 직관적인 장검의 모양새, 다만 손잡이가 붉은색을 띤 그것은 바로⋯⋯.

"어장魚腸!"

바라 마지않던 검이었으나 어디에서도 그 획득처를 알 수 없었던 유물급 무기였다.

구할 수 없는 게 당연했다. 어장은 오직 아다만트 이상의 상자에서만 얻을 수 있는 것이었으니까.

"다 모았다!"

기쁨의 탄성이 쏟아져 나왔다.

어장을 끝으로 명장 구야자가 만든 다섯 자루의 명검을 모두 손에 넣었기 때문이다.

담로湛盧, 어장, 순균純鈞, 거궐巨闕, 승사勝邪. 이 5개로 이루어진 세트 아이템이 모두 모이면 한낱 유물급에서 불멸급에 준하는 위력을 발휘하게 된다.

'……고 기록되어 있었는데.'

물론 확실한 건 아니다.

이 정보의 획득처는 담로를 획득한 절벽의 동굴. 그곳에서 생을 마감한 은거 기인의 주관된 내용일 뿐이었다.

'회수해 보면 알겠지.'

무구가 지닌 능력은 보관함에 넣거나 손에 쥐는 것만으로도 알 수 있다.

어장이 정훈의 보관함으로 들어갔다.

미리 보관되어 있던 4개 무기와 함께 마지막 퍼즐이 맞추어지자 정훈이 머릿속에 몇 가지 영상이 스치고 지나갔다.

그것은 구야자의 명검 다섯 자루가 만들어 낸 절정의 하모니.

이를 확인한 정훈의 입가엔 미소가 번졌다.

'불멸급이 어느 정돈진 모르겠지만, 전설급에 비할 바는 아니네.'

이름 모를 기인의 말은 거짓이 아니었다.

뇌리에 남아 있는 영상에서의 위력은 전설급을 가볍게 웃돌 정도였으니, 힘겹게 모을 만한 가치가 있었다.

기쁨에 겨워하며 나머지 전리품을 회수했다.

시간은 어느덧 4시가 지나 6시간이 남은 상황. 바포메트를 고문하는 데 무려 4시간을 허비하고 말았다.

'조금 빡빡한가?'

아직 2막에서 해야 할 일이 남아 있는 그로서는 조금은 서두를 수밖에 없었다.

빨라진 그의 걸음이 향한 곳은 폐허가 된 스노우 성이었다.

형편없이 부서진 잔해를 헤치며 도달한 곳. 그곳은 마구간이었다.

미처 피하지 못해 잔해에 깔린 말이 혀를 빼문 채 죽어 있다.

죽음을 애도하는 걸까?

정훈은 그곳의 돌덩이와 각종 잔해를 옆으로 걷어 냈다. 심지어 죽어 나자빠진 말의 사체도.

잠시 후, 괴력을 지닌 정훈의 노력으로 잔해가 모두 사라졌다.

마구간 안으로 들어가자 칸칸이 구분된 공간을 확인할 수 있었다.

'하나, 둘, 셋.'

입구에서부터 정확히 세 번째 칸을 바라봤다.

여물과 물, 그리고 밀짚이 놓인 곳이었다.

네모나게 깔린 밀집으로 다가가 힘차게 발을 굴렀다.

빠직.

목판이 부러지며 숨겨져 있던 비밀 입구가 드러났다.

들어가기 쉽도록 부서진 목판의 잔해를 걷어 내고는 지하 밀실 안으로 들어섰다.

두세 사람 정도가 발을 뻗을 수 있을 정도의 협소한 공간에는 반딧불이 약초를 이용해 피워 놓은 횃불이 꺼지지 않은 채 타오르고 있었다.

주변은 온통 약초와 연금술 관련 용품뿐이었다.

'창조의 연금술사가 시작했던 곳.'

창조라는 이명을 받을 정도로 후세에 이름을 길이 남긴 위대한 연금술사.

그는 본래 스노우 성의 마굿간지기에 불과했다.

그러던 중 우연히 연금술사로서의 재능을 깨닫게 되고, 마구간 지하를 개조해 몰래 연구를 시작했던 장소가 바로 이곳이었다.

숙련가 미만의 모든 연금술 숙련도가 50퍼센트 상승하는 비밀 장소. 아직 수습에 불과한 연금술 숙련도를 올리기엔 더없이 좋은 곳이었다.

보관함에 넣어 둔 아조트를 꺼내어 쥐었다.

이로써 정훈은 연령으로 인한 추가 숙련도 상승 21퍼센트와 아조트가 지닌 10퍼센트, 거기에 비밀 장소의 50퍼센트가 합쳐져 총 81퍼센트의 추가 상승률을 지니게 되었다.

남들보다 2배는 더 빠르게 숙련도를 올릴 수 있는 것이다.

그뿐인가. 그에겐 연금술에 필요한 각종 재료와 조합법, 거기에 아조트라는 희대의 사기 도구가 있다.

이를 이용해 수준 높은 물약을 만들어 낸다면 순식간에 숙련도를 올릴 수 있으리라.

온갖 추가 능력이 붙은 아이템으로 도배한 정훈의 약초 배합이 시작되었다.

비밀의 방에서 물약을 만들길 5시간.

생산 숙련도

숙련 채광꾼 : 1.3퍼센트	숙련 대장장이 : 1.9퍼센트
수습 채집꾼 : 57퍼센트	숙련 요리사 : 7.5퍼센트
수습 도축가 : 76퍼센트	숙련 연금술사 : 3.6퍼센트

숙련 연금술사가 될 수 있었다.

예상했던 시간을 크게 빗나가진 않았다.

아주 미세한 배합의 차이에도 실패를 거듭할 수밖에 없는 '가장 어려운 학문'인 연금술을 고작 5시간 만에 숙련가로 올리다니.

그도 그럴 게 재료도 충분한 데다가 현재의 숙련도 이상의 고급 물약을 마구잡이로 제작했기 때문이다.

추가 숙련도 상승으로 한 번 물약을 만들면 2~3퍼센트씩 뭉텅이로 올라가니, 오히려 5시간이면 늦은 감이 있다.

중간에 실험적인 시도만 하지 않았어도 더 빨리 숙련가를 달성할 수 있었을 것이다.

이제 2막에서 해야 할 일은 모두 끝났다.

제한 시간이 지나기 전에 포털로 들어가야만 했다.

비밀의 방을 나와 스노우 성 중앙에 생성된 포털로 이동했다.

"기다리고 있었습니다."

그곳에서 뜻밖의 손님을 볼 수 있었다.

"살아…… 있었네?"

다름 아닌 준형과 협력 길드원들이었다.

대강 눈으로 인원을 확인했을 때 생존한 580명 전원이 협력 길드인 게 분명했다.

"덕분에 죽음은 면했습니다."

사실 정훈이 무언갈 하진 않았지만, 그 덕분인 건 빈말이 아니었다.

확실한 보고 체계를 갖춘 덕분에 정훈의 목적을 알 수 있었다.

그가 참여한 이상 공성전에서 성과를 올릴 수 없을 거로 판단한 준형은 메인 시나리오가 아닌 다른 방향을 모색했다.

제1시나리오에서 겪었던 것처럼 숨겨진 비밀 장소를 찾아 곳곳을 누비고 다녔다.

미처 정훈이 손대지 못한 각종 서브 퀘스트를 해결, 준형 본인은 물론 길드원 모두의 무력을 끌어올릴 수 있었다.

현명한 판단으로 전멸할 뻔한 580명의 생명은 물론 놀랄 만큼 성장을 거듭한 것이다.

"받아."

어떠한 사전 설명도 없었다.

정훈의 손을 떠난 검 하나가 준형의 발밑에 떨어졌다.

"이건?"

"계약 내용을 충실히 해낸 대가."

최대한 입문자들을 많이 살려라. 이것이 정훈과의 계약 내용이었다.

"사양하지 않겠습니다."

그렇지 않아도 뭔가 한계를 느끼던 참이다.

이 무기가 돌파구가 될 수 있으리라. 아니, 모두의 힘이 되어 줄 수 있을 것이다.

준형은 조금의 주저함도 없이 떨어진 검을 집었다.

얼어붙은 검 알마스. 강력한 냉기 속성 검이 준형의 것이 되었다.

"아, 그리고 한 가지 더."

오늘따라 정훈의 이야기가 길었다.

"다음 시나리오에선 내 지시를 따라 줘야겠어."

"네?"

전혀 생각지도 못한 말이다. 그렇게 이끌어 달라고 할 때는 단호하게 거절하더니.

혹 세력 놀음에 욕심이 생긴 게 아닐까.

의문 가득한 시선이 정훈에게 향했다.

"살고 싶은 놈은 잔말 말고 따라와."

정훈의 도움이 없다면 협력 길드 580명은 물론 이곳으로 끌려온 지구의 모든 인류가 전멸하게 될 것이다.

제3시나리오. 이곳에서부터 전쟁은 시작된다.

"일어나, 새꺄!"

한차례의 욕설이 들려왔다.

퍽!

이어 누군가 머리를 내려쳤다.

하지만 강철과도 비견될 정도로 단단한 육신을 지닌 정훈에겐 그저 모기에 물린 정도의 미미한 충격일 뿐이었다.

감았던 눈을 떴다. 흐릿하던 사물이 시간이 지남에 따라 점차 또렷해졌다.

"하, 이 새끼 봐라. 신병 주제에 빠져 가지곤. 빨리 안 일어나?"

시야에 꽉 차는 건 덩치 좋은 사내였다.

푸른 눈에 갈색 머리. 가죽에 철판을 엮어 놓은 갑옷, 브리건딘을 착용한 그는 여전히 정신을 차리지 못하고 있는 정훈을 향해 손을 뻗었다.

뒤통수를 치려던 그의 공격은 무산되었다.

어느새 마주 뻗어 온 정훈의 손이 그의 팔목을 붙잡고 있었기 때문이다.

"이, 이 새끼. 이거 안 놔? 뒈진다, 진짜!"

얼굴이 시뻘겋게 달아올랐다. 안간힘을 다해 봐도 팔을 빼낼 수가 없었다.

"이익!"

폭발할 지경에 이른 순간. 정훈이 힘을 주어 밀었다.

쾅!

괴력에 의해 날아가다시피 한 사내는 벽에 부딪치며 의식을 잃었다.

눈을 까뒤집은 채 기절해 있는 사내를 응시하던 정훈은 이내 무심한 시선을 돌려 주변을 살폈다.

그다지 넓지 않은 방.

한쪽에는 2층 침대가 놓여 있고, 생활에 필요한 몇 가지 가구만이 자리하고 있었다.

전면에 보이는 방문을 열고 밖으로 나갔다.

끝이 보이지 않는 복도의 양옆으로는 수많은 문이 즐비해 있었다.

정훈이 나온 것과 같은 수백 개의 방이 나열된 곳.

'캐퓰렛Capulet 가문.'

제3시나리오 포털을 통과하면 무작위의 두 가문 중 한 곳으로 오게 되는데, 정훈이 배정받은 곳은 캐퓰렛 가문이었다.

"언제까지 쳐 잘 거야? 일어나!"

"가자. 시간 됐다."

방 너머로 거친 고함이 들려왔다.

정훈도 그랬지만, 포털을 통과한 입문자는 안내인 겸 폭력과 갈굼을 담당할 사수를 만난다.

본래는 그들을 통해 이번 시나리오에 관한 전반적인 지식을 주입받지만, 정훈에겐 불필요한 과정이었다.

길게 이어진 복도를 지나 건물 밖으로 나왔다.

아름답게 꾸며진 화원을 지나 도착한 곳은 병력 집합 목적의 연병장이었다.

전면엔 높게 솟은 단상이 있었고, 넓게 펼쳐진 연병장 주위로 병력이 모여들고 있었다.

정훈 또한 모이는 병력과 같이 열과 오를 맞춰 섰다.

시간이 지나면서 병력의 수가 기하급수적으로 늘어났다.

넓디넓은 연병장을 꽉 채울 정도의 인원, 그 수는 어림잡아도 10만은 되어 보였다.

백인, 흑인, 황인. 다양한 인종이 섞인 가운데 그중 반은 태연하고, 또 반은 초조하고 긴장된 기색이 역력했다.

이는 주민과 입문자의 차이점을 극명하게 알 수 있는 부분이었다.

긴장된 시선이 한곳으로 모였다.

저 멀리, 높은 단상에서 누군가 나타났기 때문이다.

"일동, 차렷!"

단상에 선 사내의 외침이 연병장을 가득 메웠다.

육성만으로 낼 수 없는 기세가 번잡하던 분위기를 단숨에 침묵으로 이끌었다.

화려하진 않지만 단단한 철갑옷과 붉은 망토가 인상적인 그 사내는…….

'티벌트.'

정훈도 익히 아는 얼굴이었다.

캐풀렛 가문이 자랑하는 강자.

철의 기사 티벌트.

그는 3막에서 다섯 손가락 안에 꼽히는 무력의 소유자였다.

그런 이의 힘이 실린 외침이니 모두가 바짝 얼 수밖에 없었다.

갑작스레 찾아온 정적과 함께 티벌트가 뒤로 물러났다.

그 자리를 대신한 건 화려한 의장용 갑옷을 입은 콧수염의 중년인이었다.

"사랑하는 나의 아들딸들아, 오늘 비로소 우리가 저 시건방진 몬태규Montague 녀석들의 코를 납작하게 해 줄 날이 왔구나."

지겨운 연설이 시작되었다. 물론 정훈은 의식을 닫은 채 내용을 흘려보냈다.

그 내용을 간단히 정리하면 캐풀렛 가문이 가증스러운 몬태규 가문과의 전면전을 시작한다는 것.

그것만 말하면 될 텐데 가문의 역사부터 시작해 현재의 개인사에 이르기까지 시시콜콜한 일장연설을 늘어놓았다.

사전 지식이 없는 입문자들을 위한 것이지만, 정훈에게는 더없이 따분하기만 한 시간이었다.

"……그렇기에 오늘 이 자리에서 자랑스러운 캐풀렛 가문의 출정을 허락하노라!"

지겨운 연설이 끝났다.

—퀘스트 발생

그리고 퀘스트 창이 나타났다.

퀘스트 : 점령전

내용: 대장간 점령(진행)
　　　신전 점령(진행)
　　　연금술 실험실 점령(진행)
　　　길드 점령(진행)
제한 시간 : 24시간 or 모든 자원 거점 공략
성공 보상 : 활약도에 따른 차등 보상
실패 벌칙 : 각 거점 공략 상황에 따른 페널티 부과

"어, 뭐야?"

"벌써 퀘스트가 떴어?"

너무도 갑작스레 나타난 퀘스트에 다들 당황해했다.

이제 시나리오가 시작된 지 30분도 채 되지 않은 시간에 시작된 것이니 놀랄 수밖에.

하지만 이 모든 걸 예상한 정훈만큼은 태연했다.

'거점 공략이 잘돼야 살아남을 확률이 높지.'

시작 퀘스트라 가볍게 볼 수 있지만, 그렇지 않다.

점령전은 3막의 시작과 끝이라 해도 과언이 아닐 정도의 중요도를 지닌 퀘스트였다.

거점 점령에 성공한 가문에게는 보상을, 실패한 가문에게는 페널티가 부과되는 형식.

정훈은 점령전 진행 부분의 '+'에 손을 가져가 세부 상황

을 열람했다.

여기서 입문자는 선택해야만 한다.

어떤 거점을 점령해 무슨 효과를 받을 것인가.

선택의 순간은 빠르게 다가오고 있었다.

"자, 이제 너희를 이끌 기사들을 보아라."

기수를 대동한 네 명의 기사가 멀찍이 앞에 섰다.

캐퓰렛 가문에서도 한가락 하는 기사들로 입문자들과 함께 거점을 공략한 실질적인 리더들.

잠깐의 웅성거림과 함께 이동이 시작되었다.

주민들의 경우 어디 한군데 치우침 없이 거의 균등하게 병력을 나누었다.

남은 건 입문자들.

"서두를 필요 없느니라. 30분간 시간을 줄 테니 점령하고 싶은 거점을 선택하도록 해라."

캐풀렛 공의 말이 이어졌다.

30분간의 여유 시간이 주어지고, 눈치를 보던 입문자들이 삼삼오오 모여들기 시작했다.

정확히 10개 무리로 나뉜 그들은 2막을 함께한 이들이었다.

그중엔 준형의 협력 길드도 있었다.

다른 무리가 몇천 명을 이룬 것에 비해 보잘것없는 수였다.

사실 580명이 살아남은 것도 천운이었다.

정훈이 흑야의 정체를 밝혀내면서 시나리오의 난이도가 대폭 상승한 탓이었다.

준형의 혜안이 아니었다면 전멸을 면치 못했을 터였다.

물론 그런 사정을 알지 못하는 몇몇 무리는 협력 길드에 노골적으로 '깔보는' 시선을 보내기도 했다.

은근히 무시당하는 협력 길드를 향해 정훈이 걸음을 옮겼다.

"헤이."

그가 도착하기도 전, 먼저 방문한 이가 있었다.

아프로 헤어를 한 흑인이었는데, 뭘 먹고 자랐는지 덩치가 일반 성인의 1.5배는 되어 보였다.

"무슨 일이십니까?"

제만이 그를 맞이했다.

"여기 대장이 누구야?"

주변을 휘휘 둘러보며 말하는 게 무례하기 그지없다.

그런데 무례함보다, 신기한 건 언어였다.

분명 한국어를 말하고 있지 않은데 그 말뜻을 알 수 있었다.

"대장이라고 할 만한 사람은 없습니다. 그저 모두가 생존할 수 있도록 이끌고 있는 위치라면 있습니다만."

자신이 지닌 사상을 드러낸 준형이 끼어들었다.

"네가 대장이로군."

준형을 흥미롭게 바라본다.

"난 에티엔. 저기 블랙 카우라는 길드의 행동대장쯤 되는 사람이라고 보면 돼."

그가 눈짓으로 한 곳을 가리켰다.

협력을 제외한 9개 무리.

그가 가리킨 곳은 그중에서도 가장 많은 수를 자랑하는 곳이었다.

현재 연병장에 모인 입문자 총인원이 5만 정도라고 하면 1만 이상을 보유하고 있었다.

생존자가 많다는 건 그만큼 압도적인 힘으로 시나리오를 헤쳐 나왔다는 것.

사실상 현존하는 길드 중 가장 강력한 세력이라 할 수 있었다.

"그래서 말인데 우리 밑으로 들어오는 게 어때?"

에티엔이 방문한 건 협력 길드를 휘하에 두기 위함이었다.

이 빌어먹을 생존 게임에서 오래 살아남는 가장 간단한

방법은 세력의 수를 늘리는 것이라는 걸 깨닫고 있었던 것이었다.

"우리는 세를 불려서 좋고, 너흰 생존율을 높일 수 있어서 좋고. 윈윈이잖아?"

고작 580명으론 할 수 있는 게 없다, 그러니 우리 밑으로 들어와 함께 생존하자.

에티엔은 돌려 말하지 않았다.

'니들이 별수 있겠어?'

이미 승낙을 받은 것처럼 웃음기 가득한 그의 얼굴은 한 사람의 등장으로 구겨질 수밖에 없었다.

"관심 없으니까 꺼져."

어느새 합류한 정훈이 덤덤하게 말했다.

"넌 뭐야?"

갑자기 재를 뿌리는 이 녀석은 누구지?

에티엔이 의문이 담긴 시선으로 준형을 응시했다.

"아, 죄송합니다. 우리도 대장이 있었네요."

뭔가 즐거워 보이는 준형이 답했다.

"네가 아니고?"

"감히 저따위가 이분과 비교될 순 없죠."

"흐음?"

뭔가 알 수 없는 분위기다.

분명 조금 전까진 경계심 가득하던 이들의 얼굴에 여유가 가득했다.

'이놈이 뭐기에?'

고작 한 사람의 등장으로 바뀐 변화였다.

이게 무엇을 의미하는지 그는 알 수 없었다. 아니, 알고 싶지도 않았다.

지금 그에게 중요한 건 분위기가 아닌 상대의 건방진 태도였으니까.

"그보다 너. 방금 뭐라고 했지?"

눈썹이 역팔자로 휘었다. 불쾌함을 노골적으로 표현하고 있는 것이다.

"꺼지라고."

단호한 한마디.

오만한 그 태도가 거슬리기 그지없다.

하지만 참았다. 이곳을 방문한 건 싸움을 하려는 게 아닌, 어디까지나 교섭을 위한 것이었으니까.

"이게 너희의 뜻이냐?"

준형과 사람들을 둘러보았다.

모두 말은 하지 않았지만, 그것이 동의라는 걸 눈치채는 건 어렵지 않은 일이었다.

"뭐, 그렇다면 어쩔 수 없지. 무슨 배짱인진 모르겠지만, 잘 살아남아 보라고."

설마 실패할 줄은 몰랐으나 아쉬울 건 없다. 고작 몇백 명에 생사가 좌우될 정도는 아니니까.

단, 한 가지는 짚고 넘어가야 했다.

"너 내가 두고 보겠어."

손가락으로 정훈을 가리켰다.

기회가 온다면 저 오만방자한 태도를 확실하게 잡아 줄 것이다.

'저 새낀 이제 뒈졌다.'

'병신 새끼, 깝칠 자릴 보고 깝쳐야지.'

에티엔이 멀어져 갔다.

그는 단단히 경고했다고 생각할지 모르지만, 정작 협력 길드원들은 그의 명복을 빌 뿐이었다.

"어디로 합류할 생각이십니까?"

이미 포털을 통과하기 전에 정훈을 따르기로 한 준형과 협력 길드 모두가 지시를 기다렸다.

"어디도 안 가."

뜻밖의 대답이다.

"아, 네."

하지만 준형은 그리 당황하지 않았다.

그에게선 언제나 예상 밖의 답이 나왔다.

정훈이란 인간은 평범한 기준으론 잴 수 없다는 것을 익히 깨닫고 있었다.

이럴 땐 질문 따윈 말고 가만히 그의 행보는 지켜보는 게 답이다.

"우리만의 길을 찾아야지."

의미 모를 말을 중얼거리며 돌아섰다.

그의 시선이 향한 곳은 점령전을 이끌 네 명의 기사, 그중에서도 청색 중重 갑옷의 사내에게로 향해 있었다.

파쇄의 기사 다일.

2미터가 넘는 대검을 휘두르며 닿는 모든 것을 파괴하는 파검破劍의 달인이자 캐퓰렛 가문을 이끌고 있는 4인의 기사 중 한 명이었다.

일선의 무력은 이곳의 모든 입문자를 전멸시킬 만큼 압도적이다.

강자를 응시하는 정훈의 눈동자엔 흔들림이 없었다.

보관함을 열어 핏빛 창, 궁그닐을 꺼냈다.

누가 말릴 새도 없었다. 붉은 섬광이 번뜩이며 다일을 향해 날아갔다.

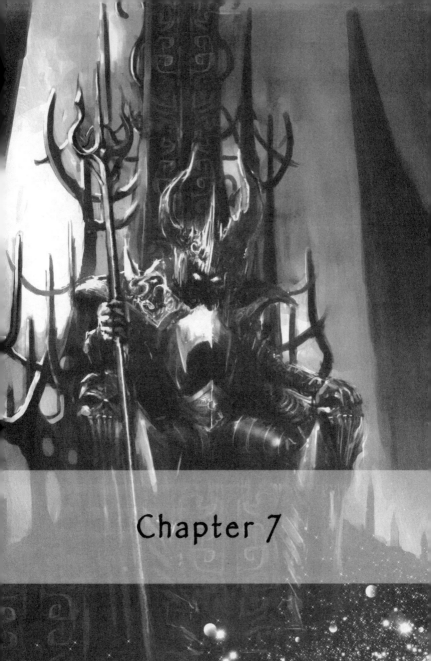

Chapter 7

쐐액!

'음?'

대기의 흔들림을 느낀 다일의 고개가 돌아갔다.

공간을 접듯 빠르게 다가오는 붉은 섬광.

의식이 이어진 순간 몸이 움직였다.

등에 메고 있던 대검 앵거바딜이 붉은 섬광과 부딪쳤다.

챙.

엄청난 속도로 짓쳐 들던 궁그닐이 힘을 잃은 채 지면에
떨어졌다.

"누구냐!"

손아귀에 남은 저릿한 감각.

다일의 매서운 시선이 범인을 찾았다.

"여기!"

범인을 찾는 건 어렵지 않은 일이었다.

정훈 본인이 손을 든 채 요란을 떨었기 때문이다.

"이놈!"

분노한 다일이 지면을 박찼다.

무섭도록 빠른 속도였다.

그 움직임은 100킬로그램이 넘는 중갑을 착용했음에도 깃털과 같이 가벼웠다.

순식간에 정훈과 마주 선 그가 입을 열었다.

"이게 무슨 짓인지 설명해 봐라."

고작 해 봐야 신입 병사다.

평소의 그였다면 진즉 베어 버렸을 것이다.

그답지 않게 인내심을 발휘하고 있는 건 조금 전 투창에 실린 힘을 느꼈기 때문이었다.

약자는 짓밟고 강자는 존경받는다.

지극히 마초적인 신념을 지닌 그였기에 여지를 남겨 두고 있었다.

"무슨 짓이긴. 바로 이런 짓이지."

입가에 그려진 한 줄기 미소와 함께 준비해 둔 흰 장갑을 던졌다.

철썩.

멀쩡히 자신의 얼굴로 날아온 장갑을 피하지 않았다.

다일의 뺨을 때린 장갑이 지면으로 떨어졌다.

"병사 한정훈은 기사 다일의 직위를 걸고 결투를 신청한다!"

티벌트와 비견될 정도의 쩌렁한 외침이 연병장을 가득 메웠다.

고대의 기사들에게서나 볼 수 있었던 결투 신청.

정훈은 이 고전적인 방법을 이용해 다일에게 결투를 신청했다.

"네놈이 제정신이 아니구나!"

기사 정신이 인에 박힌 그였기에 장갑을 피하진 않았다. 하지만 일반 병사와의 대결이라니. 이런 어처구니없는 경우는 또 처음이었다.

"쫄리면 뒈지시든가."

저속하기 그지없는 말투로 도발한다.

당장에 쳐 죽여 버릴까.

하지만 이내 고개를 저었다.

보는 눈이 많다. 무엇보다 가주인 캐퓰렛 공이 있었다.

병사 하나를 죽이는 건 일도 아니지만, 가주 앞에서 부하를 죽여 대는 이미지를 보여 줄 순 없었다.

"하하, 정말 건방진 녀석이로군. 내 지위를 건다? 누구 마음대로? 네 녀석도 결투에 대해 아는 게 있다면 모르진 않겠지. 그에 합당하는 대가를 내놓아야 한다는 것을.”

같은 기사끼리라면 명예를 걸고 싸울 수 있겠으나, 한 명은 기사고 다른 한 명은 병사라면 응당 그에 상응하는 것을 내놓아야만 했다.

기사의 직위란 건 귀족에 준하는 것.

과연 이 건방진 신병이 귀족의 작위에 상응하는 것을 지니고 있진 않을 터였다.

텅!

몽둥이 버리듯 정훈의 손을 떠난 검이 지면을 굴렀다.

“억!”

숨이 멎을 뻔했다.

성스러운 황금빛 광채에 휩싸인 검. 그것은 모든 기사가 꿈속에서라도 바라 마지않는 성검 엑스칼리버였다.

“어때, 마음에 들어?”

미끼는 탐스러우면 탐스러울수록 그 가치를 다하게 된다. 정훈으로서는 가장 확실한 미끼를 투척한 셈이었다.

“이, 이런 보물이 어떻게 병사 따위……”

“어떻게 얻었는지가 중요한 게 아니지. 그래서 할 거야, 말 거야?”

바닥에 떨어진 엑스칼리버와 정훈을 번갈아 응시했다.

잠시 갈등했지만, 이내 그의 눈에 탐욕이 어렸다.

‘이것만 있으면 단장의 자리도 노려볼 수 있다.’

4인의 기사라 불리고 있지만, 항상 그 위에는 단장 티벌트가 있었다.

나머지 3인은 솔직히 안중에도 없다.

티벌트, 넘을 수 없는 저 벽만 넘을 수 있다면 무슨 일인들 못 할까.

고민은 길지 않았다. 설사 이것이 독이 든 성배라 해도 취할 수밖에 없었다.

땅에 떨어진 장갑을 주워 들었다.

상대의 장갑을 줍는다는 건 결투를 받아들이겠다는 의미.

"결투? 다일 님과 신병이?"

"미쳤군. 죽고 싶어 환장하지 않고서야."

주민은 물론 입문자들 또한 정훈을 미친놈 취급했다.

당연한 일이다.

기본적으로 이계의 주민은 입문자 따위는 안중에 없을 무력을 지니고 있다.

특히 지금 결투에 나선 다일은 기사라는 직위의 강자. 입문자가 상대하기엔 너무도 큰 벽이었다.

"죽더라도 내 원망은 하지 마라."

'물론 곱게 죽이지 않을 테지만.'

말은 그리했지만, 그냥 죽일 생각은 없었다.

적당히 제압해 둔 뒤 자신만의 비밀 지하 고문실에 가둘 것이다.

그리고 가지고 있는 모든 것을 내놓기 전까지는 죽지도 살지도 못하게 괴롭힐 생각이었다.

평소 숨겨 왔던 그의 변태적인 취미. 상상만으로도 짜릿했다.

우르르.

갑작스레 열리는 결투에 사람들이 모여들었다. 그중에는 다른 3인의 기사, 티벌트, 그리고 캐풀렛 가문의 귀빈들도 함께였다.

전면전을 앞둔 긴박한 상황이었지만, 누구의 만류도 없었다.

그것은 고대의 의식으로 이루어진 신성한 결투기 때문이었다.

당사자들이 합의한 이상 누구도 방해할 수 없다.

'이럴 땐 고지식한 점이 마음에 든단 말이야.'

이런 점을 미리 알고 있었던 정훈이 미소 지었다. 고지식한 멍청이들을 이용하는 건 참으로 간단한 일이 아닌가.

'실력을 점검해 보자.'

지금 이 결투는 시나리오를 진행하는 큰 그림임과 동시에 본신의 실력을 점검하는 자리이기도 했다.

지금껏 그는 아이템의 힘에 기대어 많은 일을 이루어 냈다. 물론 그래도 상관없다. 아이템은 그의 힘이기도 했으니까.

'다만, 그렇게 해선 성장이 멈춘다.'

문제는 본신의 실력이 전혀 늘지 않고 있다는 점이었다.

다른 입문자들이 아등바등 살아남기 위해 필사적으로 임하는 것에 비해 그에겐 한결 여유가 있었다.

여유는 곧 자만이자 태만이었다.

그에겐 간절함이 없었다.

굳이 비유하자면 세 살짜리 어린이가 총을 든 격이랄까.

과도한 힘을 제대로 사용하지 못하고 있는 것이었다.

명상과 훈련만으로는 한계가 있을 수밖에 없었다.

대등한 상대와의 생사를 건 대결, 실전이 간절했다.

그리고 지금 그 기회가 찾아왔다.

상대는 캐플렛 가문이 자랑하는 4인의 기사 중 하나.

능력치는 강에 이르렀고, 장비 또한 유물급 이상만을 착용하고 있다.

이와 맞서기 위해 미리 비슷한 수준의 무장으로 교체한 상태였다.

무기는 아론다이트, 방어구는 아킬레우스의 무용 세트. 다일이 지닌 앵거바딜이나 기사의 명예 세트와 크게 차이 나지 않는 성능이었다.

능력치, 무구, 모든 면에서 대등한 상대.

두 사람은 익숙한 듯 뒤돌아선 채 열 발자국을 걸어갔다.

마치 서부 영화의 한 장면처럼 비장하게 걸어간 두 사람이 다시 돌아서 마주 봤다.

검을 수직으로 세워 수식을 취하면 모든 준비가 끝났다는 의미다.

먼저 선공을 가한 건 다일이었다.

단번에 끝내겠다는 듯 저돌적으로 달려와 허리 부근을 베어 왔다.

검의 궤적을 차분히 응시하던 정훈의 아론다이트가 이에 맞섰다.

쾅!

고작 검과 검이 부딪쳤을 뿐이지만, 마치 폭발이 일어난 것처럼 충격파가 둥글게 뻗어 나갔다.

서로가 지닌 힘이 어마어마했기 때문이다.

'이것 봐라?'

순간 다일은 감탄했다. 전심전력이 실린 일격을 피한 것도 아니고, 무려 받아 낸 것이다.

파쇄의 기사라 불릴 정도로 그의 검술은 힘에 치중해 있다.

다른 3인의 기사들도 자신과 부딪치는 걸 힘들어하는데, 그걸 고작 병사 따위가 받아 내다니.

"좋구나!"

힘과 힘의 대결. 이 얼마나 아름다운 광경인가.

흥에 취한 다일의 앵거바딜이 시뻘겋게 달아올랐다.

그것은 검신에 새겨진 고대의 문자에서 나오는 빛이었다.

빨간색이 상징하는 건 근력의 상승. 괴력이 실린 그의 검이 빠르게 움직였다.

쾅쾅쾅!

괴력과 괴력의 싸움이라고 표현할 수밖에 없다.

검술의 변화보다는 힘을 중시한다. 두 사람은 마치 힘겨루기라도 하는 듯 연이어 검을 부딪쳤다.

모두가 흥미로운 듯 그 광경을 지켜보는 가운데…….

'저, 저게 뭐야?'

에티엔만은 좌불안석이었다.

검격에 실린 어마어마한 힘을 모를 턱이 있겠는가.

만약 저기에 자신을 가져다 놓았다면, 단 일격에 피떡이되었을 것이다.

그런데 상대, 정훈은 버티고 있었다. 아니, 버티고 있는게 아니라 맞서고 있었다.

'내, 내가 바, 방금 뭐라고 했더라?'

두고 보겠다고 하지 않았던가.

두고 보다가 눈깔 뽑히게 생겼다.

그의 안색이 파리하게 질려 가고 있었다.

한편 에티엔이 불안에 떠는 동안 결투의 양상은 한쪽으로치우치고 있었다.

"하하, 검술이 형편없구나!"

신이 나 입을 놀리는 건 다일이었다.

힘과 변화를 가미한 그의 검이 뱀처럼 휘어질 때마다 정훈은 곤란을 겪을 수밖에 없었다.

지닌바 능력치는 뒤처지지 않지만, 다양하게 변화하는 상대 검술에 대응하기가 힘들었다.

그럴 수밖에 없는 게 상대는 몇십 년간 무예를 갈고닦은 무인武人인 데 반해 정훈은 그저 뛰어난 무구를 지닌 일반인이었기 때문이다.

지금까진 능력치와 무구의 힘으로 찍어 눌렀지만, 비슷한 상대를 만나게 되자 고전할 수밖에 없었다.

그 한계는 쉽게 드러났다.

'역시 이 정도가 한계로군.'

형편없이 밀리고 있는 상황에 머리가 차갑게 식었다.

갈고닦은 무예의 차이란 쉽게 좁히기 힘들었다.

하지만 그는 입문자. 단숨에 이를 좁힐 방법이 있었다.

물론 그건 나중의 일이었다.

흉흉한 기세로 들어오는 적의 검을 힘껏 쳐 냈다.

갑작스럽게 밀고 들어오는 강렬한 힘에 밀린 다일이 멀리 밀려났다.

적당히 거리를 둔 대치 상황.

"이제 포기를 하는 게 어떠냐? 순순히 패배를 시인한다면 그 목숨만은 보전해 주도록 하마."

물론 죽지도 살지도 못하는 반병신이 되겠지만. 다일이 섬뜩한 미소를 지었다.

"지랄하고 있네."

마치 다 이긴 것처럼 이죽대는 게 참으로 꼴불견이다.

이제 실력 점검은 끝.

찰나간에 정훈의 무장이 바뀌었다.

아예 작정한 듯 그의 허리에는 착용자의 힘을 2배로 늘려 주는 메긴교르드, 손목에는 추가 타격의 드라우프니르를 그리고 무기는 구야자의 5대 명검 담로, 어장, 순균, 거궐, 승사가 등 뒤로 둥실 떠올라 있었다.

결투에 승리하고도 딴소리가 나올 수 있으니 확실한 힘을 보여 줄 것이다.

"검이여, 내 의지에 따라 춤을 추어라."

이기어검以氣御劍. 의지와 기의 힘으로 검을 조종하는 신화적인 경지. 그것이 모두의 눈앞에서 펼쳐지고 있었다.

의지를 지닌 5대 명검이 저마다의 궤적을 그렸다.

허공을 예쁘게 수놓던 궤적 하나가 다일을 향해 쏘아져 나갔다.

그 광경은 더없이 화려해 보였다.

'저따위 잔재주.'

그러나 다일은 코웃음을 쳤다.

단련된 육신의 도움 없이 허공을 떠다니는 검 따위가 무슨 위력이 있을까.

맹렬한 속도로 쇄도하는 검을 향해 다일은 자신의 검에 힘을 실었다.

따앙!

"크으."

신음과 함께 뒷걸음질 쳤다.

다행히 상대의 검을 튕겨 내긴 했으나 그도 적잖게 피해를 봤다.

뚝뚝.

손아귀를 타고 새빨간 선혈이 지면으로 떨어지고 있었다.

단련된 그의 손아귀를 찢어 버릴 정도의 엄청난 힘.

이 정도의 힘이라면 그가 전심전력을 다했을 때와 비슷한 수준이었다.

문제는 하나가 끝이 아니라는 것.

따다다당!

연이어 날아온 검과 함께 앵거바딜이 불똥을 토해 냈다.

그 공격에는 쉼이 없었다. 처음 받았을 때와 달리 다일의 육중한 몸이 조금씩 뒤로 밀리기 시작했다.

하나하나가 다일의 전력과 버금가는, 아니, 그 이상의 힘이었다.

'허점은?'

상대는 검식조차 이루지 못한 애송이다. 분명 허점이 있을 터였다.

하지만 아무리 찾아봐도 없었다. 그도 그럴 게 의지가 이는 순간 검이 움직이니 정훈의 육신으로 통제하는 것보다 더욱 정교한 탓이었다.

스팟!

명검 하나가 허벅지를 스치고 지나갔다.

베어진 그 자리에서 선혈이 배어 나오고 있었다.

단순히 떠다니는 검이 아닌 자신과 같은 강자 5명과 싸우는 꼴이니 이대로 시간을 보낸다면 패배할 수밖에 없다.

위기감이란 단어가 다일의 뇌를 지배하기 시작한 그 순간…….

"흐압!"

검을 쥔 양팔의 근육이 풍선처럼 부풀어 올랐다.

앵거바딜의 문자에서 새겨져 나오는 빛이 더욱 강해지자, 마치 용광로에 담근 쇠처럼 검신이 붉게 달아올랐다.

"법의 문자가 붉게 타오른다."

무기의 능력 개방.

앵거바딜에 붉은 기가 덧씌워지면서 순식간에 크기를 불렸다.

그것은 수르트의 검이 지닌 거대화와 비슷한 형상이었다.

후아앙!

거대한 검이 움직이자 실로 엄청난 풍압이 몰아쳤다.

움직임의 흔적만으로도 이 정도 위력이라니.

챠챠챵!

본체와 충돌한 5대 명검이 튕겨져 나갔다.

"이걸로 끝이다."

상황을 역전한 다일의 말투엔 자신감이 넘쳤다.

회심의 일격을 준비하고 있었기 때문이다.

붉게 달아오른 검 위로 그의 푸른 기가 더해졌다.

그 순간 검의 크기가 본래대로 돌아왔다.

전과 다른 점이라면 붉은빛이 아닌 자홍색 기가 단단히 뭉쳐져 있다는 것.

앵거바딜이 지닌 능력과 본신의 힘을 결합한 다일이 지닌 비기였다.

"파쇄검破碎劍."

양손에 쥔 검에 모든 기운을 실은 회심의 일격.

압축된 기의 검은 모든 것을 파괴한다.

탓!

높게 도약한 그가 짓쳐 들었다.

눈에 보이는 형상은 작아졌지만 알 수 있었다. 그 검엔 높은 산도 단숨에 가를 무시무시한 힘이 실려 있다는 것을.

이건 끝났다.

공격을 펼친 순간부터 승리는 다일의 것이었다.

"발악하기는."

정작 이를 받아야 하는 정훈의 입가엔 옅은 미소만이 자리하고 있었다.

웅웅.

어느새 그의 등 뒤에 자리 잡은 5대 명검이 진동하며 검명
劍鳴을 토했다.

검의 울음에 답하며 검지로 한 곳을 가리켰다.

손가락의 끝엔 잔뜩 힘을 실은 채 떨어져 내리는 다일이
있었다.

"다섯 자루의 검은 본디 하나였으니."

그의 중얼거림과 함께 검명을 토하던 다섯 자루 검이 위로
솟구쳤다.

동시에 날아간 검은 마치 하나라도 된 듯 밀착했다.

"하나 된 검을 당할 자 없더라."

검 주위로 뿜어져 나온 색색의 기가 하나로 뭉쳐 백색 검
의 형상을 취했다.

하나 된 검은 평범했다. 위협적이지도, 그렇다고 그리 강
렬한 기운이 느껴지는 것도 아니었다.

다만.

빠캉!

충돌한 검, 앵거바딜은 물론 다일의 육신마저도 두 동강
냈다.

세로로 양단된 다일의 표정에는 아무런 변화가 없었다.

자신이 어떻게 됐는지 인식하지 못한 채 죽음을 맞이한 것
이었다.

–앵거바딜의 '무기 파괴' 성공.

–앵거바딜 획득.

–최초로 무기 파괴에 성공한 입문자에게 '언령 : 무기 파괴자' 각인.

언령 : 무기 파괴자

획득 경로 : 최초로 무기 파괴 성공
각인 능력 : 무기 파괴 확률 10퍼센트 상승

'성공했네.'

확률은 반반이었지만, 용케 성공했다.

무기 파괴. 상상 이상의 파괴력으로 적의 무기를 파괴하면 얻을 수 있는 특수한 이벤트라고 해야 할 것이다.

이것이 중요한 이유는 파괴된 검을 100퍼센트 확률로 획득할 수 있기 때문이다.

현재 정훈의 보관함에는 다일이 사용했던 앵거바딜이 고이 모셔져 있었다.

'이건 부수입이고.'

고작 유물급 무기 하나를 얻겠다고 벌인 일이 아니다.

피를 흩뿌리며 쓰러진 다일에게서 등을 돌렸다.

그가 걷기 시작하자 약속이라도 한 듯 인파 속에 길이 생겨났다.

4인의 기사 중 하나인 다일을 처치한 강자. 장내에 있는 모든 이들의 머릿속에 그는 두려움의 대상이었다.

빠르지도, 느리지도 않은 속도로 한 곳을 향해 걸어갔다.

마침내 그 발걸음이 멈춘 곳은 가주 캐퓰렛 공과 그를 호위하는 티벌트가 자리한 곳이었다.

"멈춰라!"

10미터 앞까지 접근하자 티벌트가 경계심을 드러냈다.

정훈 또한 더 자극할 마음이 없었기에 그 자리에 멈춰 섰다.

"정당한 결투에서 승리했으니 그의 직위를 인계받겠습니다."

결투의 성립 조건엔 다일의 직위가 있었다.

"그리고 이번 점령전에서의 역할도 제가 담당할 수 있도록 해 주십시오."

사실 직위 따윈 아무 상관없었다. 정훈이 진정으로 노렸던 건 점령전에서의 대장, 바로 그 위치였다.

"안 됩니다. 일개 병사에게 점령전 대장의 직위라니. 너무도 위험합니다."

부랴부랴 반대하고 나선 건 다른 3인의 기사들이었다.

기사의 서임까지는 어쩔 수 없다지만, 갑자기 나타난 병사 따위와 같은 직위에 놓이는 게 아무래도 불만일 수밖에 없었다.

"그대의 생각은 어떤가?"

잠시 고민하던 캐퓰렛 공의 시선이 티벌트에게 향했다.

이 자리에서 그가 누구를 가장 신임하고 있는지 단적으로 보여 주는 광경이었다.

"제가 생각하기에도 검증되지 않은 이를 대장에 위임하는 건 좋지 않은 생각인 것 같습니다."

3인의 기사들은 안도했고, 정훈은 처음과 같이 덤덤했다.

"단!"

아직 그의 이야기는 끝난 게 아니었다.

"조건부 위임이라면 생각해 볼 만할 것 같습니다."

티벌트의 날카로운 눈매가 정훈을 직시했다.

"조건부라……. 무슨 조건을 말하는 거지?"

흥미가 동한 캐풀렛 공이 물었다.

다시금 시선이 옮겨 갔다.

"아시다시피 이번 점령전은 향후의 승패를 가늠할 수 있는 중요한 일전입니다."

"그렇지. 아주 중요하고말고."

"그런데 이런 중요한 일전에서 대장이 바뀌는 건 좋은 영향 보단 아무래도 좋지 않은 영향을 미칠 가능성이 많습니다."

"그래. 그렇지."

캐풀렛 공은 마치 만담꾼처럼 추임새를 넣어 티벌트의 이야기를 도왔다.

"하나 우리가 다일이라는 중요한 인재를 잃은 것도 사실. 그를 꺾은 이 병사를 등용하지 않는 것도 굉장히 어리석은 일입니다."

"음, 그럼 어찌하는 게 좋을까?"

"맹세가 필요합니다."

"맹세?"

"최소 3개 이상의 거점을 점령하지 못한다면 목숨을 내놓겠다는 맹세."

이미 그의 시선은 캐퓰렛 공에게서 정훈에게로 향해 있었다.

'하여간 음흉한 녀석.'

사실 캐퓰렛과 몬태규가의 힘은 그야말로 백중지세였다. 아주 미세한 차이 하나에도 균형이 무너질 만큼 전력의 차이는 없었다.

무려 1천 년 동안 이어진 전쟁에서 서로가 나란히 2개 거점만을 차지했을 정도니.

그런데 그는 3개 거점을 점령하지 않을 경우 목숨을 내놓으라 강요하고 있다.

'네 녀석이 그럴 줄 알았지.'

게임의 경험을 통해 티벌트의 음흉한 속내를 파악하고 있었다. 그래서 대담하게 대장의 지위를 요구했다.

자칫 일이 잘못되면 모든 책임을 떠넘길 기회가 아닌가.

티벌트라면 분명 지금과 같은 제안을 생각해 낼 거로 예상하고 있었던 것이다.

"그까짓 맹세가 뭐가 어렵겠습니까."

모든 게 예상했던 범위 내였다.

정훈은 3개 거점을 점령하지 못할 경우 목숨을 바치겠다는 맹세를 했다.

'일만 잘 풀린다면 4개도 문제없지.'

설혹 일이 잘못된다 한들 상관없다. 목숨을 바치는 건 자신이 아닌 캐퓰렛 가문이 될 것이므로.

짝짝.

캐퓰렛 공이었다.

맹세에 대한 답으로 박수를 쳐 주던 그가 입을 열었다.

"그 자신감 아주 마음에 드는군. 좋아. 그럼 너에게 다일이 지니고 있던 기사 작위와 점령전 대장의 역할을 맡기겠다."

캐퓰렛의 말이 끝남과 동시에 시종 하나가 양손에 검을 받친 채 다가왔다.

온갖 화려한 보석과 장식이 눈에 띄는 의장용 검이었다.

"기사의 의식에 대해 아는가?"

대답은 없었다. 다만 무릎을 꿇은 채 고개를 숙였다.

"그대의 이름은?"

"한정훈입니다."

"좋다, 한정훈. 나 캐퓰렛 13세는 병사 한정훈을 기사로 서임하는 것은 물론 점령전을 이끌 4명의 대장 중 하나로 임명하노라."

수직으로 든 검으로 어깨를 두드리는 그 순간, 메시지가 떴다.

　－최초로 기사 서임에 성공한 입문자에게 '언령 : 캐풀렛의 기사' 각인.

언령 : 캐풀렛의 기사
획득 경로 : 최초로 캐풀렛 가문의 기사에 서임
각인 능력 : 근력 +20, 강인함 +30

　최초의 기사 서임은 꽤 쓸 만한 언령을 가져다주었다.

　"기사 한정훈, 부디 최선을 다해 주게."

　"실망하는 일은 없을 겁니다."

　점령전 대장의 위임.

　이로써 계획의 한 걸음을 떼었다.

　'하지만 아직 갈 길이 멀다.'

　이번 시나리오를 계획대로 주무르기 위해선 실력도 실력이지만 어느 정도의 운도 따라 줘야 한다.

　만약 운이 따라 주지 않으면?

　가장 우려하는 일이 벌어진다면?

　'그건 나중 일이지.'

　복잡한 상념을 털어 버렸다.

　일단은 그려 둔 그림에 따라 움직여야만 할 것이다.

　무사히 기사 서임을 마친 후 자리에서 일어선 그가 한 곳으로 향했다.

뚜벅뚜벅.

어쩐지 정적에 휩싸인 장내. 그의 발소리가 또렷하게 울려 퍼졌다.

그의 걸음이 향한 곳은 입문자들이 모여 있는 자리였다.

"헤이."

어느새 다가온 그가 친근하게 어깨동무를 했다.

"여기 대장이 누구야?"

그곳엔 새파랗게 질린 에티엔이 간질에 걸린 환자처럼 떨고 있었다.

캐풀렛가를 나온 병력은 네 갈래의 길과 마주했다.

전면을 바라보고 가장 오른쪽부터 대장간, 신전, 연금술 실험실, 그리고 길드로 이르는 점령 로드. 하지만 아직은 이동할 수 없는 상태였다.

1미터쯤 가다 끊긴 길을 막고 있는 건 무형의 장벽이었다.

예정된 시간이 지나기 전까진 누구의 침입도 허락하지 않는다.

시각은 11시 50분. 앞으로 점령전이 시작되기 전까지 5분이라는 시간이 남아 있었다.

준비를 위해 각자 정해진 길 앞에 섰다.

대장을 선두로 길게 병력의 줄이 이어졌다.

대다수 균등하게 병력 분배가 이루어진 것에 비해 가장 오른쪽, 대장간 점령군은 월등히 많은 병력이 운집하고 있었다.

무려 5만에 이르는 엄청난 그 수는 다른 점령군에 비해 3배 많은 병력이었다.

새롭게 대장의 직위에 오른 정훈의 강요로 이루어진 결과였다.

불과 20분 전, 입문자들을 찾아간 그는 모두가 자신을 따르도록 강요했다.

모든 게 의문투성이였지만, 기사 다일을 꺾은 실력만큼은 확실했다.

게다가 같은 입문자. 어딘지 모르게 배척하는 주민들보다는 나을 거로 판단한 길드의 수뇌부가 그를 따르기로 한 것이다.

하지만 그들은 지금 그 결정을 후회하고 있었다.

입문자 전원이 이동하는 것을 본 티벌트가 기존에 있던 주민 병력을 다른 세 곳 점령군에 배속시킨 탓이었다.

그간의 시련으로 입문자가 성장했다 하지만 주민들과는 비교할 수 없었다.

믿고 있었던 정예병이 빠진 셈이니 어찌 후회하지 않을까.

'설마 병력에도 손을 댈 줄은 몰랐는데.'

정훈으로서도 예상하지 못한 개입이었지만 크게 마음을

두진 않았다.

'말 안 듣는 늑대보단 말 잘 듣는 개가 나으니까.'

차라리 잘됐다.

주민 병력의 거센 반발이 예상됐었는데 그걸 알아서 도려 내 준 셈이었다.

"이거 대장간은 거의 뺏겼다고 보는 게 좋지 않겠소?"

3인의 기사들의 얼굴엔 불만이 가득했다.

"티벌트 단장님은 어쩌자고 저런 무뢰배를 중한 자리에 위임했는지."

"그러게 말이오. 점령전은 선점이 중요한데 저잔 탈것도 하나 없지 않소."

노골적으로 정훈을 향한 적개심을 나타내고 있었다.

그들의 입장에선 당연한 일이었다.

일개 병사 나부랭이가 같은 기사의 작위에 봉해진 것으로도 모자라 점령전 대장이라니.

게다가 그리 틀린 말도 아니었다.

점령전에서 가장 중요한 건 선점이다

장막이 사라지는 즉시 빠르게 이동해 거점을 점령하고, 이를 통해 발생하는 특수 효과를 등에 업고 싸워야 하는 것. 이를 담당할 자가 대장이었다.

선점이라는 게 달리기만으로는 한계가 있을 수밖에 없었다.

그렇기에 점령군의 대장은 특별한 탈것이 필요하다.

갑작스레 대장의 직위에 오른 정훈에게 그런 특별한 탈것이 있을 턱이 없었다.

'씨바, 망했다.'

'괜히 따라간다고 했나.'

'지금이라도 바꾸는 게 좋을지도.'

대강의 상황을 눈치챈 입문자들도 비슷한 생각이었다.

분위기에 휩쓸려 정훈을 따르고 있었지만, 주민 병력도 빠지고 선점에도 어려움이 있어 보였다.

이대론 무리가 있지 않을까. 다들 눈치 보기에만 바빴다.

'하여간 사서 고생이라니까.'

'저 괴물을 뭐로 보고.'

눈치 보기 바쁜 대다수와 달리 한결 여유로운 그들이란 다름 아닌 준형과 협력 길드원들이었다.

불안은커녕 오히려 안도했다.

저 괴물과 함께한다는 건 적어도 생존이라는 차원에선 가장 유리하다는 것을 알고 있었기 때문이다.

"준형."

줄곧 덤덤한 표정으로 일관하던 정훈이 입을 열었다.

호명된 준형이 어느새 그의 옆에 섰다.

"부대장으로 임명할 테니, 점령전이 시작되는 즉시 병력을 이끌고 대장간으로 따라와."

"먼저 출발하시는 겁니까?"

"당연하지. 그게 대장이 해야 할 일이니까."

여러 가지 의미로 선점은 정훈에게도 중요한 과정 중 하나 였다.

"알겠습니다."

별다른 의문 없이 즉답했다.

─점령전 시작까지 5분.

점령전의 시작을 알리는 알림이 울려 퍼졌다.

곧 분주한 움직임이 시작되었다.

화려하게 치장된 말안장 뒤쪽에 캐퓰렛 가문의 깃발을 꽂 은 대장들이 길이 끊긴 곳까지 다가섰다.

준형 또한 마찬가지였다.

"픕."

볼품없이 걸어서 이동하는 그를 향한 비웃음이 쏟아졌다.

하지만 끊긴 길에 도착하기까지 정훈의 표정엔 동요가 없 었다.

─점령전 시작까지 30초.

어느새 점령전 시작까지 30초가 남은 시각.

보관함을 연 정훈이 준비해 둔 아이템을 꺼냈다.

그것은 하얀 기운이 뭉친 손바닥 크기의 구슬이었다.

"날아올라라, 천마天馬."

작은 중얼거림과 함께 구슬을 하늘로 던졌다.

파앙!

높게 솟구치던 구슬이 깨어졌다.

"오오!"

숨길 수 없는 감탄사가 터져 나왔다.

깨어진 구슬에서 흘러나온 빛이 하나의 형상을 만들었다. 그건 말이었다.

아름다운 빛의 날개를 단 천마 페가수스.

펄럭!

힘찬 날갯짓과 함께 빛으로 된 깃털이 나풀거리며 떨어졌다.

날개를 펄럭인 페가수스가 빠른 속도로 정훈을 향해 접근했다.

한 줄기 빛이 된 페가수스가 눈 깜짝할 사이 지면에 착지했다. 그리고 고갤 숙인 녀석의 등에 정훈이 안착했다.

히히힝.

앞발을 치켜들며 자신의 위용을 뽐낸 페가수스가 다시 한 번 창공을 날았다.

ㅡ점령전 시작.

마치 짜 놓은 각본처럼 점령전이 시작되며 무형의 장막이
사라졌다.

"픕."

짧은 비웃음을 남긴 정훈과 페가수스가 멀어져 가고 있
었다.

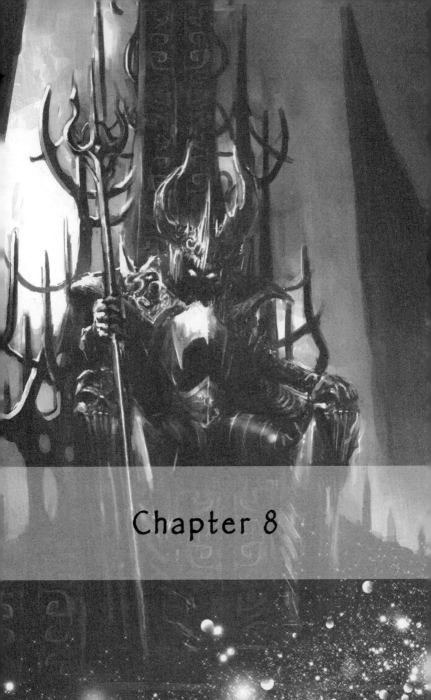

Chapter 8

페가수스.

강력한 몬스터 메두사를 처치하면 0.0001퍼센트의 확률로 얻을 수 있는 희귀 탈것 중 하나다.

원래 탈것이란 게 얻을 확률이 지극히 낮은 편이지만, 그중에서도 단연 상위권에 매겨질 정도로 초희귀성을 자랑하는 귀하신 몸이었다.

정훈의 경우엔 운이 좋은 편이었다.

고작 10만 마리를 처치하고 얻을 수 있었으니 말이다.

엄청난 희귀성을 자랑하는 만큼 성능도 대단하다.

가장 흔히 볼 수 있는 탈것인 말과 비교해 그 속도가 3배나 빠르다.

게다가 날 수 있다는 것. 지상의 수많은 괴물에게 구애받지 않은 채 이동할 수 있다는 점이 매력적이다.

'이 지랄맞은 마력 소모만 아니라면.'

하지만 마냥 좋은 부분만 있는 것도 아니다.

페가수스의 치명적인 단점, 그건 바로 탑승할 때부터 생기는 마력 소모였다.

강에 이른 정훈의 마력이 미친 듯한 속도로 말라 가고 있었다.

이대로라면 10분을 유지하는 데 모든 마력을 소모할 판이었다.

'다 왔다.'

다행히도 그의 마력이 모두 소모되는 일은 없었다.

붉은 토양으로 이뤄진 작은 언덕. 그곳에 놓인 허름한 대장간이 보였다.

날카로운 그의 시선이 주변을 훑었다.

적의 흔적은 없었다.

당연한 일이다. 지금 시나리오에서 페가수스보다 더 빠른 탈것을 지닌 이는 없을 테니.

'아니, 그 괴물들이라면 가능하지.'

녀석들이라면 탈것이 아닌 육신의 힘만으로도 능히 페가수스를 따돌릴 수 있다.

적의 흔적이 없다는 건 가장 최악의 경우를 피한 것을 의미한다. 조금은 안도할 수 있었다.

페가수스를 혼의 상태로 되돌린 정훈은 깃발을 꺼냈다.

대장간으로 들어가는 입구 쪽에 마련된 구멍에 깃발을 꽂았다.

　

　-입문자 한정훈이 대장간 점령 중.

　-활성화까지 9분 59초.

　

대장간에 깃발을 꽂고 활성화되는 10분을 기다려야만 점령에 성공한 것으로 간주된다.

'혹시 모르니······.'

최악의 경우는 피했으나 감당하기 힘든 적이 올 가능성을 배제할 순 없다.

이를 위한 최소한의 대비가 필요한 상황이었다.

도라에몽의 보물 주머니와 같은 보관함. 그 속에서 색색의 깃발을 꺼내 구멍에 꽂아 넣었다.

　

　-분노의 깃발 활성화. 5킬로미터 내의 아군 근력 15퍼센트 상승.

　-함성의 깃발 활성화. 5킬로미터 내의 아군 강인함 15퍼센트 상승.

　-신속의 깃발 활성화. 5킬로미터 내의 아군 순발력 15퍼센트 상승.

　-마법의 깃발 활성화. 5킬로미터 내의 아군 마력 15퍼센트 상승.

　-용기의 깃발 활성화. 5킬로미터 내의 아군 공격, 이동속도 20퍼센

트 상승.

점령전에 유용하게 쓰이는 능력의 깃발을 사용했다.

이것으로 거점 부근에 있는 모든 아군의 능력이 전반적으로 향상되었다.

초기 점령전에서는 볼 수 없는 아이템이지만 정훈에겐 가능한 일이었다.

준비는 아직 끝나지 않았다.

혹시 모를 만약의 사태에 대비해 이동속도에 초점을 맞춘 무장으로 바꾸었다.

언제든 도주할 수 있도록 만반의 태세를 갖춘 것이다.

할 수 있는 모든 걸 다 했다. 이제 기다리는 일만이 남아 있었다.

긴장된 시선이 전방을 향했다. 시력이 향상되는 오딘의 안대 능력을 발휘하며 적의 접근을 살폈다.

'왔다!'

얼마 지나지 않아 그의 눈에 목표가 포착되었다.

거대한 회색 늑대에 올라탄 존재.

우락부락한 근육과 녹색 피부, 전체적으로 돼지를 닮은 듯한 얼굴에 삐죽 솟은 송곳니까지. 그것은 하나의 종족을 나타내는 상징이었다.

오크.

일신의 강함만을 추구하는 투사의 종족. 인간과 비교해 지능은 조금 떨어질지 모르나 타고난 육체의 우월함은 비교 대상이 아니었다.

'다행이로군.'

강력한 적을 눈앞에 둔 정훈은 오히려 안도했다.

적 대장을 확인하는 순간 많은 정보를 파악할 수 있었던 탓이다.

캐퓰렛 가문은 왜 모두 인간으로 구성되어 있는가.

그건 가문에 소속된 입문자가 지구의 인류, 즉 인간이기 때문이다.

가문에 어떤 입문자가 소속되느냐에 따라 그 종족도 바뀌게 되는 형식이었다.

상대 진영에서 오크가 나타났다는 건 앞으로 상대해야 할 적 역시 오크임을 나타내는 것이었다.

이 세계에 소환된 건 지구의 인류만이 아니었다.

셀 수 없이 많은 차원에서 다양한 종족이 건너왔고, 이번 제3시나리오부터는 그 종족들과 싸워야만 하는 것.

'오크 정도라면……'

정훈이 상정한 범위 중에서 그나마 무난한 편에 속하는 종족이다.

만약 최악의 상대였다면 당장 도주했을 테지만, 이젠 그럴 필요가 없어졌다.

무장을 교체한다.

갈색의 가죽 방어구는 네메아의 사자 세트. 괴력의 사나이 헤라클레스의 힘이 깃든 것으로 착용자의 근력이 대폭 향상된다.

"크와와!"

뒤늦게 정훈을 발견한 오크가 거친 함성으로 전투감을 한껏 고취했다.

올라탄 회색 늑대의 복부를 걷어찼다.

크르릉, 컹.

일순 고통에 사납게 짖은 회색 늑대가 네 발을 놀려 빠르게 돌진했다.

붕붕.

양손에 쥔 거대한 둔기를 위협적으로 돌리는데 바람을 가르는 소리가 제법 매섭다. 하지만 정훈에겐 위협조차 되지 않았다.

그가 신궁 예의 시위를 당겼다.

"하늘의 태양이 떨어진다."

바람의 화살이 시위를 떠났다.

주변의 대기를 흡수한 바람의 화살은 점차 몸집을 키워, 오크에게 당도할 때에는 작은 동산과 비견될 정도로 커져 있었다.

"일족을 위해!"

강력한 권능을 눈앞에 둔 오크는 결코, 물러서지 않았다.

으스러지게 쥔 양손 둔기에 선명한 핏빛 기운이 감쌌다.

다가오는 바람의 화살을 직시한 오크는 있는 힘을 다해 둔기를 휘둘렀다.

콰앙!

힘과 힘의 충돌은 엄청난 폭발을 일으켰다.

승자는 명백했다. 바람의 화살은 소멸, 이를 받아 낸 오크는 충격으로 인해 밀려났을 뿐 별다른 손해를 보진 않았다.

회색 늑대가 지면을 박찼다.

엄청난 도약과 함께 순식간에 거리를 좁히며 접근했다.

"죽어라!"

예의 핏빛 기운에 둘러싸인 둔기가 머릴 노렸다.

카앙!

바리사다가 그 궤적을 막았다.

손목이 시큰할 정도의 강력한 힘. 하지만 이 정도의 손해는 얼마든지 감내할 수 있다.

"장벽은 내 앞에 그저 허상일 뿐이니."

분명 둔기와 검이 맞대고 있었으나 공간에 구애받지 않는 검, 바리사다는 이를 무시한 채 오크의 가슴을 베었다.

스팟!

녹색 피가 튀었다.

놀랍게도 찰나의 순간 위협을 감지한 오크가 몸을 뒤로 빼지 않았다면 피가 튀는 게 아닌, 몸이 양단됐을 것이다.

생명이 위태로웠던 상황을 넘긴 오크의 입가에 선명한 미소가 피어났다.

"강자와의 싸움은 언제나 환영이다."

오크 특유의 투쟁심이 발휘되기 시작했다.

조금 전까지만 해도 녹색이었던 피부가 붉게 변했다.

피를 머금은 눈동자가 정훈에게 향한 순간, 폭발하듯 튕겨 나간 오크의 둔기가 어느새 지척에 닿아 있었다.

흉골을 박살 내려는 거친 움직임 속엔 지금까지완 비교할 수 없는 힘이 실려 있었다.

카앙!

어느새 정훈의 곁을 지키는 오대 명검.

기와 의지로 이어진 다섯 자루 검이 연이은 오크의 공격을 상쇄했다.

'시간을 끌 이유가 없지.'

다일을 통해 가진바 실력의 한계는 확인했다.

지금 필요한 건 실전 경험이 아닌 빠른 제압이다.

"검이여, 내 의지에 따라 춤을 추어라."

공중을 선회하던 오대 명검이 아름다운 궤적을 수놓기 시작했다.

카카카캉!

숨 쉴 틈도 없다. 전신 요혈을 노리는 다섯 자루 검에 맞서

둔기를 휘둘러야만 했다.

찌르르.

한 번 충돌할 때마다 온몸이 비명을 질렀다.

기로 이어진 검을 막는 건 단련된 육신의 오크에게도 버거운 일이었다.

거기에 정훈마저 끼어들었다. 한 쌍의 검, 자웅일대검으로 무장한 그의 손속은 매섭기 그지없었다.

어찌 보면 7 : 1의 불리한 전투. 점차 시간이 지나면서 어깻죽지, 허벅지, 가슴에 상처가 새겨지고, 그곳에서 녹색 피가 새어 나왔다. 그럴수록 오크의 피부와 충혈된 눈은 더욱 붉게 물들어 갔다.

"크아아아!"

분노로 인한 투쟁심이 극에 달했다.

핏물에 담갔다 뺀 것처럼 붉게 물든 오크의 둔기가 종회무진으로 날뛰었다.

방어는 포기한, 오직 공격 일변. 분명 효과는 있었다.

자신을 향한 일곱 자루의 검을 튕겨 낸 오크의 핏빛 둔기가 오른쪽 어깨로 떨어졌다.

푸욱.

하지만 오크의 바람은 이루어지지 못했다.

튕겼다고 생각한 오대 명검이 등을 쑤셨다.

서걱.

정훈의 손에서 피어난 붉은 궤적이 오른팔을, 푸른 궤적이 왼팔을 잘라 냈다.

푸확!

잘린 단면에서 녹색 피분수가 뿜어져 나왔다.

붉게 물들어 있었던 눈과 피부가 본래의 녹색으로 돌아왔다.

힘없이 지면에 무릎을 꿇었다.

그의 주위로 모여든 오대 명검이 칼끝을 겨누었다. 조금이라도 움직이면 사정없이 온몸을 쑤실 게 분명했다.

"인정한다. 넌 불락보다 세다. 강자에게 졌으니 여한은 없다."

조금 전까지 끓어오르던 투쟁심이 거짓말이었던 것처럼 깨끗이 패배를 승복했다.

'불락?'

상대의 이름에 집중했다.

불락이라는 이름은 정해진 몬태규가의 구성원이 아니었다.

그렇다는 건 이 오크는 주민이 아닌 입문자임을 뜻하는 것.

'정보를 캘 수 있겠어.'

주민이라면 당장에 죽여 버렸을 테지만, 상대 입문자라면 이야기가 다르다.

"힘들게 잡은 포로인데 그냥 죽일 순 없지."

다가오는 그의 분위기가 심상치 않다.

"소용없다. 나는 명예로운 강철 도끼 일족의 전사. 그 어떤 고통에도 굴복하지 않는다."

정훈의 의도를 알아챈 불락이 담담히 내뱉었다.

그 어떤 고문에도 지닌 정보를 발설하지 않겠다는 의지를 표현한 것이다.

"어. 잘 알고 있어."

물론 정훈도 알고 있었다. 이 단순무식한 투사들에게 육신의 고통을 통한 정보 획득은 요원한 일이라는 것을 말이다.

'고문은 하급 수단이지.'

보관함에서 나온 건 선명한 보랏빛 액체가 담긴 유리병이었다.

"자, 약 먹을 시간이다."

힘을 주어 오크의 목덜미를 부여잡았다.

"커헉!"

목을 조여 오는 고통에 입을 벌렸다.

마개를 딴 병 속의 액체를 투여했다.

꼴깍.

액체가 넘어가는 것을 확인한 정훈이 놓아주었다.

켁, 켁.

상당히 고통스러웠는지 불락은 연신 기침을 해 댔다.

"이게 무슨……."

하지만 끝내 말을 잇질 못했다.

"어으?"

정신이 몽롱하다.

시야는 뿌예지고, 마치 하늘을 둥실 떠다니는 느낌이었다.

"어때? 기분 죽이지?"

정훈이 먹인 건 각종 환각제 성분의 약초를 섞은 자백제의 일종으로, 특히 지금 먹인 '환상의 도시'는 오크들이 특히 취약한 성분만이 들어 있는 종류였다.

"에헤, 에헤헤."

과연 그 효과를 증명하듯 오크의 눈이 반쯤 풀렸다.

입가엔 미소가 그려지고, 그 사이로 타액이 흘러나오고 있었다.

"자, 그럼 시작해 볼까?"

약에 취한 오크의 심문이 시작되었다.

철의 도끼 일족 불락. 오크들이 지배하는 에스티아 대륙 출신.

일족의 다른 오크들보다 월등한 육체적 조건을 타고난 그는 성체로 인정받는 열다섯 살의 나이에 족장의 지위를 쟁탈한 엘리트 중의 엘리트였다.

주위의 다른 일족을 점령해 가며 한창 이름을 날리던 중

이계로 소환되었다.

당황스러운 것도 잠시, 다만 활개 치는 무대만 바뀌었을 뿐이었다.

이 강인한 젊은 족장은 금방 이계에 적응을 완료했고, 놀라운 성장 속도를 보이며 시나리오를 점령해 나갔다.

그것은 3막에서도 마찬가지였다.

네 명의 대장 중 하나인 오크 투사 랑고를 꺾어 그의 직위를 빼앗은 것이다.

견제를 당한 정훈과 달리 강자를 인정하는 오크들의 세계였기에 비교적 수월하게 대장의 직위를 인정받은 것은 물론 탈것인 회색 늑대도 지급받을 수 있었다.

그야말로 승승장구였다.

하지만 그의 기운도 정훈을 만나 끝을 맺었다.

양팔이 잘린 그는 환각제에 취한 채 묻지도 않은 정보를 술술 내뱉는 중이었다.

'6만 병력이라⋯⋯.'

공교롭게도 대장간을 점령하기 위해 다가오는 적 진영의 수는 6만에 달했다.

대장간의 점령 효과를 중시한 불락이 정훈과 같은 올인 전략을 펼친 것이다.

2막에서 10만이 넘는 병력과의 전투에서도 승기를 잡았던 바 있는 있지만, 지금은 경우가 달랐다.

이계의 주민보다 더 강력한 힘을 지닌 오크 병력이 6만이었다.

'뭐, 괜찮네.'

물론 정훈에겐 오크, 그리고 6만이라는 숫자도 위협이 되진 못했다.

얻어야 할 모든 정보를 얻은 그의 시선이 불락에게 향했다.

"정보는 고마웠다. 그럼, 잘 가라."

직선을 그린 검이 불락의 심장을 관통했다.

비명은 없었다. 심장이 파열된 불락은 힘없이 고개를 떨군 채 죽음을 맞이했다.

후두둑.

상대 진영이긴 하지만, 불락도 입문자.

그가 지닌 모든 아이템이 바닥에 떨어졌다.

하나를 제외하면 그리 특별한 건 없었다.

희귀 등급의 무기와 방어구, 그리고 몇 가지 재료.

그중 정훈의 시선이 머물러 있는 곳엔 주사위가 있었다.

지금껏 본 적 없었던 뼈 재질의 주사위.

이 해골 주사위는 같은 입문자를 처치하면 얻을 수 있는 특수한 주사위였다.

기존 주사위와 같이 1에서 6까지 새겨진 눈금은 똑같다.

하지만 해골 주사위는 정해진 일부 능력치를 성장시키는 게 아닌, 주사위를 드롭한 이가 지니고 있었던 능력치의 일부를 흡수하는 형식이었다.

각 숫자가 나타내는 건 퍼센트다.

1은 1퍼센트, 2는 2퍼센트, 6이 나오면 6퍼센트의 능력을 흡수할 수 있는 것이다.

어차피 해골 주사위는 더블이 적용되지 않는 주사위. 모아 둘 필요가 없기에 곧장 사용했다.

눈금은 4. 불락이 지니고 있던 능력치의 4퍼센트가 전이되 었다.

한정훈

근력(强) : 486.8   강인함(强) : 496.2
순발력(强) : 534.1   마력(强) : 477.6

전과 비교하면 2~3의 능력치 상승이 있었다.

눈에 띄게 변한 건 아니지만, 일반적인 사냥으로 획득할 수 있는 주사위보단 빠른 건 사실이다.

'아발론과 같은 녀석도 나오겠지.'

이 시스템을 이용해 성장하는 '카인의 아이들'도 나올 게 분명하다.

정훈도 이를 염두에 두지 않은 건 아니지만, 이 성장의 결 정적인 한계를 알고 있었기에 관두었다.

오히려 카인의 아이들이 나타나는 시점부터 사냥이 시작 될 것이다. 바로 그때가 정체된 능력치를 향상할 절호의 기회였다.

　두두두두.

　상념에 빠진 그를 깨우는 소리.

　대지가 진동했다. 그 울림은 수만의 병력이 이동하는 것을 알려 주는 것이다.

　오른쪽 눈을 감아 오딘의 안대에 모든 신경을 집중했다.

　저 멀리 흙먼지를 피우며 다가오는 병력을 확인할 수 있었다.

　'전리품 보따리.'

　적 병력의 기세가 매섭지 않다. 다만 전리품이 가득 담긴 보따리처럼 보일뿐이었다.

　'우리 쪽은?'

　지나온 길 너머를 바라보았지만, 향상된 시야 너머로도 보이는 건 없었다.

　'뭐, 그렇지.'

　사실 기대하지도 않았다.

　인간과 오크.

　둘의 타고난 육신의 차이도 무시할 수 없지만 끊임없는 전투로 단련된 뜀박질은 인간이 따라잡을 수 있는 게 아니었다.

　결국 다가오는 6만의 병력을 맞이해야 하는 건 정훈, 그 혼자였다.

　흙먼지를 피우며 다가오는 군세를 바라보았다.

그의 입가에 그려진 미소가 짙어졌다.

손바닥을 폈다. 어느새 그의 손바닥엔 이쑤시개와 같은 작은 검이 빙글빙글 돌아가고 있었다.

곧 거대한 검 모글레이가 지면을 향해 떨어졌다.

스노우 성을 폐허로 만든 적이 있었던 전설급 대량 살상 무기의 격이 발동한 것이다.

이 거대한 검을 발견한 오크 진영에 소란이 일었다.

하늘을 가득 메운 검의 범위에서 벗어나는 건 불가능하다.

상황을 판단한 오크들은 피하는 것이 아닌, 맞서는 것을 선택했다.

"강철의 발톱 아쿤이여, 우리를 도우소서."

대량의 마력이 흘러나와 주위를 감쌌다.

다수의 오크 주술사가 펼친 이중, 삼중의 보호막. 아직 마력을 다루지 못하는 인류와 달리 오크는 비교적 마력 사용에 익숙한 편이었다.

쿠웅!

박살 내려는 검 모글레이와 지켜 내려는 보호막의 힘겨루기가 시작되었다.

처음엔 일방적인 형세였다.

금방이라도 부서질 듯 위태로워 보이던 보호막이었으나 오크 주술사들의 끊임없는 마력 주입으로 겨우 균형을 유지할 수 있었다.

균형을 유지한다는 것.

그건 모글레이의 패배를 의미했다.

결국 힘을 잃은 검의 환영이 사라졌다.

대량 살상 무기는 많은 적에게 피해를 줄수록 더욱 강력해진다.

보호막에 막혔을 때부터 이 승부는 정해진 것이나 다름없었다.

"언제까지 버티나 볼까?"

정작 공격에 실패한 정훈은 태연한 신색이었다. 그럴 수밖에 없는 게, 아직도 그에겐 수많은 무구의 권능이 남아 있었던 것이다.

황금빛 열쇠를 허공에 꽂아 돌렸다.

하늘의 창고가 열리며 푸른색 기운으로 뭉쳐진 기의 검이 나타났다.

또 다른 전설급 무기 에아.

하늘 높이 솟구친 에아가 푸른 검의 비를 뿌렸다.

콰콰콰쾅!

검의 비가 보호막을 강타했다.

자연재해와도 같은 에아의 권능 앞에 그들이 할 수 있는 일이란 보호막에 숨어 버티는 것뿐.

마력에 한계가 없다면 얼마나 좋을까.

하지만 오크 주술사의 마력은 금방 바닥났다.

파챵!

유리가 깨어지듯 보호막이 산산이 부서지고…….

"크확!"

그 대가로 마력이 역류한 주술사들이 피를 토하며 쓰러졌다.

더는 마력의 도움을 받을 수 없다.

현 상황을 빠르게 파악한 오크는 이동하는 것을 선택했다.

혹시 있을지 모를 대범위 공격에 대비하기 위해 진영을 5개로 쪼개어 각기 다른 방향으로 달려갔다.

그들의 의도를 가만히 내버려 둘 정훈이 아니었다.

가장 귀찮은 오크 주술사의 마법을 봉쇄했다.

이제 남은 건 공격뿐. 오른손에 쥔 아론다이트를 지면에 꽂아 넣었다.

콰콰콰.

대지가 울부짖었다.

지면에 균열이 일고 지진이 일어난 듯 요동치기 시작했다.

이 갑작스러운 변화에 진영의 변화를 꾀하던 오크들은 균형을 잡는 데 온 정신을 기울여야만 했다.

지면을 박차며 속도를 높인 정훈은 어느새 오크 진영 근처에 접근해 있었다.

아론다이트를 대신해 녹색 기운을 줄기줄기 뿜어 대는 마검 스톰브링거를 들어 격을 발동했다.

오크들이 밀집한 지면에 기하학적인 문양의 마법진이 그려졌다.

바보가 아닌 이상에야 이 수상한 마법진에서 벗어났을 테지만, 지금은 균형조차 잡기 힘든 상황이었다.

팟!

바닥을 장식한 마법진에서 새어 나온 빛이 한순간 세상을 밝혔다.

응축된 빛은 작은 점과 같이 나누어져 범위 내에 있는 오크들의 이마에 스며들었다.

수백의 미노타우로스를 쓰러뜨린 바 있던 스톰브링거의 격, 피의 낙인. 정훈의 주위를 핏빛 보호막이 감쌌다.

마력이 늘어나면서 그 범위도 대폭 늘어났다. 약 2만 정도의 오크가 지닌 체력을 흡수한 것이다.

낙인으로 흡수한 보호막의 지속 시간은 5분. 하지만 이 5분 동안 정훈은 무적이나 다름없었다.

'노가다를 시작해 볼까.'

눈앞에 무기 숙련도를 올려 줄 제물이 즐비하다.

사실 그간은 소홀할 수밖에 없었다. 대부분 무기의 격을 이용해 압살해 버린 탓에 숙련도가 오를 틈이 없었던 것이다.

생각을 못 했던 게 아니다. 다만 지금과 같은 순간을 위해 참아 두었던 것뿐이었다.

시나리오에 배정된 일반 몬스터나 주민보다 경쟁 입문자

들을 상대할 때 숙련도는 배나 빠르게 상승한다.

이 준비된 무대를 마련하기 위해 오크 주술사의 마법을 봉
인했고, 스톰브링거의 격마저 사용했다.

이젠 잘 차려진 밥상을 먹는 일만 남았다.

매의 날개를 형상화한 모양새의 가죽 갑옷, 매의 날개옷을
착용했다.

유물급 세트 아이템으로 순발력과 공격, 이동속도가 30퍼
센트 상승한다.

여기에 자웅일대검을 들어 세트 효과 쾌속을 발동하면 그
야말로 쾌속한 검을 구사할 수 있게 된다.

허공에 뜬 오대 명검이 제각기 흩어져 오크들을 짓밟는 사
이 정훈이 혼란한 틈을 비집고 들어왔다.

"크왁!"

검은 보이지 않았다. 다만 붉은, 푸른 궤적이 오크를 스치
고 지나갈 때마다 어김없이 고통에 찬 비명이 터져 나오고
있었다.

하지만 오크의 저항도 만만치 않았다.

"일족을 위해!"

조금 전 불락이 그러했던 것처럼 방어를 도외시한 공격이
펼쳐졌다.

콰앙!

엄청난 힘이 실린 각종 무기가 정훈을 난도질했다.

하지만 피의 낙인이 가져다준 보호막이 있는 이상 두려울
게 무엇이겠는가.

그 역시 방어는 생각도 하지 않은 채 수중의 검을 휘두를
뿐이었다.

고함과 비명이 난무하는 전장에 입문자 병력이 도착했다.

"저, 저건 도대체……."

눈앞에 펼쳐진 광경에 입을 다물지 못했다.

적으로 짐작되는 괴물, 그 수만의 병력이 에워싼 상황. 그
곳에 홀로 선 사내 정훈은 모든 것을 베어 넘기고 있었다.

베고, 베고 또 벤다.

매서운 적의 공세는 그에게 아무런 위해조차 가할 수 없
었다.

흐릿한 잔상을 남기며 적들의 사이를 누비는 그의 움직임
은 눈으로 좇는 것조차 힘들 정도로 빨랐다.

"완전 학살이네."

누군가 중얼거렸다.

그의 말처럼 눈앞에 그건 전투가 아니었다. 일방적인 학살
에 불과했다.

그렇다고 적이 약한가 하면 그것도 아니었다.

3막에 올 정도로 성장한 그들의 눈에 오크는 결코 약한 상대가 아니었다.

인당 십은 해낼 강적을, 수백도 아닌 수만을 홀로 감당하고 있는 것이었다.

그 압도적인 무력 앞에 경외감을 넘어 공포가 새겨질 정도였다.

"도대체 저 사람은 누굽니까? 아니, 어떻게 하면 저리 강해질 수 있는 건지……."

데빌 길드의 수장 레이널드.

미군 레인저 부대 출신의 이 노련한 군인은 자신이 입문자 중 최강이라 단언하고 있었다.

그런데 현실은 어떤가. 저 정훈이란 사내 앞에서는 달빛 앞에 반딧불이라도 된 양 초라하기 그지없었다.

도대체 저 힘의 근원은 무엇인가.

궁금함을 참을 수 없어 준형에게 물었다.

"저도 모릅니다."

그러나 준형이 해 줄 수 있는 대답은 없었다. 아니, 옆에서 가장 많이 지켜본 그가 더 궁금했다.

도대체 저 사람은 어디서 저런 힘을 얻었을까?

답은 알 수 없었다.

다만 지금껏 그와 부딪치면서 깨달은 사실을 넌지시 알려 주었다.

"한 가지 당부하자면, 저분의 말을 거역하거나 혹은 눈 밖에라도 나는 일이 있다면……."

뒷말은 차마 말하지 못했다. 하지만 그 말뜻을 모를 사람은 아무도 없었다.

같은 사람이 아니다. 저잔 하나의 재앙이다.

모두가 그리 생각할 수밖에 없었다.

5분이 지나 피의 낙인이 지닌 효과가 끝났다.

자신을 지켜 줄 보호막이 없어졌다는 사실을 깨달았음에도 정훈은 위축되지 않았다.

키잉.

오딘의 안대가 적들의 예상 공격 궤적을 그렸다.

필요한 것은 이를 피할 빠른 몸놀림.

그려진 궤적 사이를 뱀처럼 빠져나갔다.

그 움직임은 유연했고, 또한 빨랐다.

속도가 떨어지기는커녕 시간이 지날수록 민첩해졌다.

그를 둘러싼 적들은 어떻게 움직이는지조차 파악하지 못한 채 쓰러졌다.

반면 정훈의 검은 날카롭기 그지없었다.

춤을 추듯 허공을 수놓는 오대 명검의 궤적과 양손에 든 쌍검이 번뜩이면 어김없이 적의 시체가 늘어났다.

'고요하다.'

시간이 지남에 따라 전투의 흥분도, 육신의 피로함도 사라져 갔다. 그 빈자리를 채운 건 무였다.

아무것도 느끼지 못했고, 그저 습관처럼 베었다.

오딘의 안대가 그리는 궤적을 따라가지도 않았다.

흐르는 대로, 가고자 하는 대로 육신을 놓았다.

싸움이 아니다.

그에겐 한바탕 춤이었다. 의지가 이는 순간 육신이 움직이고 있었다.

얼마나 시간이 지났는지조차 인지하지 못했다.

다만 춤이 끝났을 때, 그는 홀로 서 있음을 깨달았다.

주위에 꽃이 피어나듯 적들의 시체가 늘어져 있다. 오직 그만이 죽음의 대지에서 발을 딛고 꼿꼿이 서 있었다.

'내가…… 한 거겠지?'

주위를 둘러본 정훈은 놀랄 수밖에 없었다.

언제 이 많은 적을 쓰러뜨렸는지 기억이 희미했다.

'그러고 보니 뭔가 달라진 것 같은데.'

온몸이 간질간질한 느낌이었다.

거기에 손에 쥔 자웅일대검이 제 몸의 일부라도 되는 듯 착 달라붙어 이물감이 느껴지지 않았다.

기분 탓이 아니라 뭔가 변화가 있었다.

'설마?'

번뜩 뇌리를 스치고 지나간 생각에 무기 숙련도를 열람

했다.

무기 숙련도	
창 : Lv. 6(21퍼센트)	검 : Lv. 20(43퍼센트)
활 : Lv. 4(17퍼센트)	망치 : Lv. 5(75퍼센트)

'맙소사!'

조금 전 7레벨에 불과했던 검 숙련도가 무려 13이나 상승한 20레벨이 되어 있었다.

그도 놀랄 수밖에 없었다.

아무리 추가 숙련도 상승률 효과가 있다지만, 이 정도의 상승 폭이라니.

극악한 무기 숙련도 요구치를 생각해 보면 절대 불가능한 일이었다.

'조금 전 그게 영향을 준 건가?'

무아지경에 생각이 미쳤다. 어쩌면 이게 깨달음을 주어 단번에 숙련도를 올려 준 것일지도 모른다.

'역시. 게임과 다른 뭔가가 있어.'

전반적인 시스템 대부분이 FT와 닮아 있었지만, 그가 알지 못하는 부분도 존재했다.

어찌 보면 당연한 일이다.

이건 수치로 모든 게 정해지는 단순한 게임이 아닌 현실이었으니 말이다.

이것이 숙련도가 미치는 영향인지 확인을 위해 몰니르로 교체했다.

'음.'

전과는 달리 손에 착 붙지 않는다.

손에 전해지는 서늘한 이물감도 그대로였다.

'숙련도의 영향인 건 확실하네.'

미처 생각지 못한 변화였다.

게임에선 단순히 무기의 위력이 상승하는 정도에 불과했으나 이곳에선 감각과 같은 여러 부분에 영향을 주는 것이 틀림없다.

'어쩌면 이게 돌파구가 될 수 있을지도.'

이를 잘만 활용한다면 좀 더 빠른 성장을, 넘을 수 없는 벽이라 여겼던 존재들과의 차이도 조금은 좁힐 수 있지 않을까.

뜻밖의 선물에 기뻐하며 주위를 둘러보았다.

오크들이 흘린 전리품이 가득했다.

지니고 있었던 각종 무구부터 시작해 해골 주사위 등 전리품의 길이 펼쳐져 있었다.

다른 입문자였다면 줍는 데만 한세월이 걸렸을 테지만, 그에겐 렐레고의 부적이라는 사기성 아이템이 존재했다.

부적의 범위가 미치는 범위로 옮겨 가며 몇 번 시동어를 외치자 모든 전리품이 보관함에 들어갔다.

"정훈 님."

할 일을 마치길 기다린 준형과 입문자들이 다가오고 있었다.

무심하기 이를 데 없는 특유의 표정으로 응시하며 정훈이 말했다.

"늦어."

"죄송합니다."

가벼운 질책에 고갤 숙였다.

서두른다고 서둘렀지만, 분명 상대 진영보다 늦은 건 부정할 수 없는 사실이었다.

만약 정훈이 압도적인 무력을 지닌 존재가 아니었다면 원군의 지원 없이 허무하게 죽음을 맞이했을 것이다.

"다음부턴 더 빨리 움직일 수 있도록 최선을 다하겠습니다."

상대보다 빠를 거란 장담은 할 수 없었다.

다만 지금보다 더 노력하겠다는 말이었다. 그냥 하는 말이 아닌, 의지가 느껴졌다.

결연히 의지를 다지는 준형을 물끄러미 응시했다.

'확실히 이건 타고났네.'

누구도 신뢰하지 못하는 정훈도 슬슬 신뢰감이 쌓일 정도로 듬직했다.

만약 이 게임의 최종 종착지를 알지 못했더라면 어느 정돈 마음을 터놓았을 게 분명했다.

'그래선 안 되지.'

자신 이외엔 모두가 경쟁자다.

이렇게 얼굴을 맞대고 이야기할 수 있는 날도 얼마 남지 않았다.

스멀스멀 올라오는 상대에 대한 신뢰를 다시 한 번 깊숙한 곳에 밀어 넣었다.

"다음엔 어떻게 움직이실 생각입니까?"

이후의 계획을 묻는다.

"어쩌긴 뭘 어째? 점령했으면 지켜야지."

비록 대장간을 차지했다곤 하나 24시간이 지나거나 다른 세 곳의 거점을 모두 점령하지 않는 이상 점령전은 끝난 게 아니다.

당연히 점령한 거점에 대해선 수비 병력이 필수였다.

"네. 그야 그렇죠. 그럼 수비 병력과 공격 병력을 어떻게 나누실……."

"너희 전부 이곳을 지켜."

역시 예상 못 한 답이 나왔다.

"모두 말입니까?"

"알면서 뭘 물어?"

다른 사람이었다면 농담으로 넘겼을 것이다.

하지만 정훈은 이미 6만의 오크를 학살한 장본인. 그가 그렇다면 그런 것이다.

다만 걸리는 부분이 있다면…….

"그렇게 되면 우리의 성장이 멈추게 됩니다."

정훈이 나서 준다면 생존 측면에선 더할 나위가 없다.

하지만 혼자서 모든 걸 다 처리하는 통에 성장할 수가 없었다.

시나리오는 가혹한 생존의 무대이자 성장의 기회이기도 했다.

앞으로 얼마나 많은 시나리오가 남아 있을지 모르는 마당에 언제까지 손만 빨고 있을 순 없지 않은가.

"걱정하지 마. 이건 전초전에 불과하니까."

점령전은 시나리오의 시작을 알리는 전초전에 불과하다.

준형이 이 말의 의미를 깨닫는 덴 그리 오랜 시간이 필요하지 않았다.

파죽지세로 몰아친 정훈의 활약과 함께 나머지 세 곳이 거점을 모두 점령, 오크 진영과의 전투에서 승리할 수 있었다.

애초에 대장간을 노린 불락과 휘하 병력을 제거했을 때부터 승기는 기운 상태였던 것이다.

명색이 승자 진영이 됐지만, 정훈을 제외하면 제대로 된 보상을 얻은 이는 없었다.

아니, 사실 점령전을 독식하다시피 한 정훈도 그저 그런 언령 2개와 희귀 등급의 아이템을 얻었을 뿐이었다.

물론 숙련도라는 부가적인 선물을 얻은 그에겐 나쁘지 않은 결과였다.

게다가 거점을 점령하면서 발생한 특수 효과는 점령전에만 그치는 게 아니라 3막이 끝날 때까지 유지되는 것이었다.

4개 거점을 모두 점령한 정훈과 입문자들은 전력 상승 면에서는 굉장한 이득을 본 셈이었다.

―환영에 가려져 있던 영지, 베로나Verona 등장.

점령전 결과가 발표되고 난 후 놀라운 변화가 일어나기 시작했다.

주변 사물이 급속도로 변했다. 아니, 변한다기보단 테이프를 빠르게 돌려 놓은 것처럼 건물이 건설되고 사람들이 생성됐다.

대략 1분의 시간이 지났을 때 허름한 대장간밖에 없던 황량한 땅은 아름다운 중세의 도시로 바뀌어 있었다.

영지 베로나. 3막의 중심이 될 무대였다.

갑작스러운 변화를 예상한 정훈을 제외하면 입문자 모두가 상경한 촌뜨기처럼 주변을 둘러보는 중이었다.

스릉.

경계 어린 눈빛을 한 그들이 저마다 무기를 빼 들었다.

동상이 설치된 광장의 오른쪽, 그리 멀지 않은 곳에 상당한 수의 병력이 있었다.

인간이 아니다. 체형은 인간과 흡사하나 마치 나뭇결과 거친 피부에 두 눈에는 녹색 안광만이 자리한 이종족.

'우든 엘프인가.'

다른 이들에겐 생소하지만, 정훈에겐 익숙한 종족이었다.

사실 이들뿐만이 아니다. 점령전이 끝나 감춰져 있었던 영지 베로나가 드러난 지금, 이곳엔 수많은 이종족이 자리하고 있을 터였다.

우든 엘프의 경우에는 재수 없게 시작 지점이 겹친 경우였다.

"죽기 싫으면 무기 넣어."

금방이라도 튀어 나갈 듯한 입문자들을 제지했다.

"하지만 적이······."

"두 번 말하게 하지 마."

강경한 그 말에 토를 달순 없었지만, 적으로 짐작되는 이들을 앞에 두고 무기를 넣는 일은 없었다.

경계하는 입문자들을 바라보던 그의 시선이 우든 엘프들에게 향했다.

"너희도 죽기 싫으면 가만히 있는 게 좋을걸."

하지만 이건 역효과를 불러일으켰다.

불과 조금 전까지만 해도 다른 종족과 점령전을 치른 우든 엘프는 잔뜩 날이 서 있던 상태였다.

온전히 병력을 보전한 그들에게 적의를 느낀 녹색 안광이 빛났다.

"네툰의 품으로!"

숭배하는 자연의 신 네툰을 외쳤다.

그러자 손안에 마력이 모여들었다. 그들의 기운을 닮은 녹색 기운은 공과 같이 뭉쳐졌다. 우든 엘프의 주공격 수단인 마력탄이었다.

점령전의 여파로 8천밖에 남지 않은 그들의 공격이 쏟아졌다.

"저, 정훈 님!"

갑작스러운 공격에 당황한 입문자들이 정훈을 바라보았다.

오직 그만이 이 난국을 타개할 구원자였다.

하지만 이런 입문자들의 염원과는 다르게 정훈은 움직일 생각이 없었다.

팔짱을 낀 채 날아오는 마력탄을 응시만 할 뿐이었다.

"감히 어디서 소란이냐!"

한 줄기 중후한 음성이 모두의 고막을 강타했다.

입문자들과 마력탄의 사이 공간이 뒤틀렸다.

어그러지다 못해 찢어진 공간을 뚫고 하나의 존재가 모습을 드러냈다.

전신을 가린 황금 갑옷과 휘날리는 붉은 망토. 마치 갑옷과 색을 맞춘 듯한 황금 검과 방패가 인상적이었다.

하지만 등장하자마자 사라질 위협에 직면했다.

그 앞으로 무수히 많은 마력탄이 날아오고 있었던 것이다.

일체의 동요 없이 왼손에 든 방패를 전면으로 세웠다.

부욱.

그러자 순식간에 몸집을 키운 방패가 황금의 벽을 만들었다.

콰콰쾅!

벽과 충돌한 마력탄이 연쇄 폭발을 일으켰다.

강렬한 폭발 속에서도 단단한 황금의 벽은 흠집조차 나지 않았다.

마침내 모든 마력탄이 소멸하고…….

"동작 그만!"

귀를 쩌렁 하게 울리는 외침이 터져 나왔다.

"어어, 모, 몸이……!"

"뭐야, 이거?"

외침을 들은 모두가 손가락 하나 까닥하지 못했다.

그건 마치 포식자를 눈앞에 둔 나약한 먹이가 된 기분이었다.

'피어라…….'

그 속에서 유일하게 운신할 수 있었던 정훈은 고소를 금치 못했다.

펜릴과의 싸움에서 경험해 본 바 있었던 고위의 권능, 피어였다.

그 무력이 상상을 초월하거나 혹은 반신에 이른 존재들만이 발휘할 수 있는 최강의 권능 중 하나.

'역시 황금병.'

'과연'이라고 해야 할까.

사실 이 황금 갑옷을 걸친 이는 특유의 금색 깔맞춤으로 황금병이라 불리는 베로나의 경비병이었다.

고작 경비병 주제에 공간을 이동하는 것은 물론 지금처럼 피어와 같은 각종 고위 권능을 남발하는 불가침의 존재.

이들이 하는 일은 하나였다.

허가되지 않은 무력시위를 할 경우 언제 어디서든 나타나 제지하는 것.

지금도 마찬가지로 자신의 역할을 다하기 위해 움직였다.

아직 손 하나 까닥하지 못하는 우든 엘프에게 다가갔다.

투구 속 감춰져 있는 시선이 그들을 훑었다.

"영지 내에서 무분별한 폭력은 허용되지 않는다."

나직이 말하는 듯하나 강렬하게 내뿜는 기세에 숨이 막힐 정도였다.

"흠. 본래는 벌금, 혹은 구속형에 처해야 마땅하나 이번이 처음인 듯하니 특별히 용서해 주겠다. 하지만."

뒷말을 끊은 그의 안광이 빛났다.

"두 번 용서란 없다. 내 말 잘 알아듣겠지?"

우든 엘프는 물론 그 기세에 주눅이 든 사람들마저 맹렬하게 고갤 끄덕였다.

"좋아. 바른 생활, 선진 영지. 베로나에 온 것을 환영한다."

뭔가 준비된 듯한 말과 함께 등을 돌렸다.

그러고는 허공에 대고 황금 검을 수직으로 그었다. 그러자 공간이 갈라지며 아주 작은 틈새가 나타났다.

볼썽사납게 그곳에 몸을 비집고 들어간 황금병.

잠시 후 그의 흔적과 함께 갈라진 공간도 원상태로 복귀되었다.

"……"

장내는 정적 속에 휩싸였다.

무슨 무를 베듯 공간을 자유자재로 자르는 건 물론 피어와 같은 고위의 권능까지.

갑자기 일어난 일련의 상황에 눈만 껌뻑였다.

단, 한 명을 제외하면 말이다.

'이번에는 반드시.'

황금병이 사라진 자리를 바라보는 정훈의 눈동자가 결연한 의지로 반짝이고 있었다.

자칫 무력 충돌로 번질 수 있었던 사건은 황금병의 등장으로 일단락되었다.

두 진영은 황금병이 사라지고 나서도 여전히 경계를 풀지
않았다.

그리고 잠시 후 귓가로 파고든 알림은 그 모든 경계심을
사라지게 만들었다.

-퀘스트 발생.

퀘스트의 발생 시기는 정훈의 대답과 같았다.

너무도 갑작스럽다.

인간, 그리고 우든 엘프까지, 그 자리에 있는 모든 입문자
가 퀘스트의 상세 정보를 열람했다.

퀘스트 : 즐거운 나의 집
내용 : 지급 받은 열쇠에 맞는 나만의 집 찾기(진행)
즐거운 나의 집에 입장(진행)
제한 시간 : 없음
성공 보상 : 거주지
실패 벌칙 : 없음

"휴, 살았다."

곳곳에서 안도의 한숨을 내쉬었다.

발생한 퀘스트는 조금 뜬금없긴 했지만, 그래도 생존과 관
련된 위험한 전투가 아니었기 때문이다.

이 빌어먹을 세상은 툭하면 사람을 죽음으로 내모는 통에 퀘스트 발생 알림만 들어도 심장이 요동칠 수밖에 없었다.

"난 간다."

정훈의 갑작스러운 선언이었다.

"가십니까?"

"그래. 지금부턴 개인 정비 시간이거든."

당분간 그들이 필요한 건 사실이지만, 지금은 아니다.

이번 퀘스트는 협동이 아닌 순전히 개인의 역량으로만 나아가야 하는 것. 굳이 같이 행동할 필요가 없었다.

"알겠습니다. 그럼 나중에 다시 뵙겠습니다."

정중하게 인사한 준형이 먼저 등을 돌렸다.

그러더니 대기하고 있던 입문자들과 함께 앞으로의 거취에 대한 열띤 토론을 벌였다.

잠시 그 자리에 선 정훈은 그 모습을 물끄러미 응시했다.

'다음에 볼 땐 더 커져 있겠네.'

부대장의 직위를 줄 때부터 그런 상황을 유도하긴 했다. 하지만 벌써 다른 길드를 아우르며 리더 행세를 하고 있다니.

물론 아직 준형의 밑에 소속된 건 아니지만, 미래가 보이는 듯했다.

얼마 지나지 않아 저기 있는 모든 병력은 준형의 길드 협력으로 거듭나게 될 것이다.

'계속 그렇게 성장하는 게 좋을 거야.'

대행자는 그 가치를 발휘하고 있을 때에만 자리를 보전할 수 있다.

기회를 줬음에도 기대 이상의 성장을 보여 주지 못한다면…….

'다시는 기회가 없을 테니.'

물론 지금까진 잘하고 있으니 그럴 일은 없다.

잠시 준형과 입문자들을 응시하던 그는 이내 발걸음을 옮기며 광장을 벗어났다.

길을 걷는 내내 다양한 차원의 입문자들을 만날 수 있었다.

조금 전까지 생사를 겨뤘던 오크는 물론 자연에서 태어난 정령족, 죽음의 기운을 뿌리는 네크로스 등 다양한 이종족이 주위를 배회하는 중이었다.

주위를 경계하는 날 선 모습은 여전했으나 별다른 충돌은 없었다.

최강의 존재인 황금병을 겪은 것도 있지만, 모두가 자신의 거주지를 찾는 퀘스트에 열중하고 있었기 때문이다.

그들의 공통점이라면 하나같이 난감함이 떠오른 얼굴을 하고 있다는 것.

그도 그럴 게 이번 퀘스트는 꽤 난관 중 하나였다.

입문자에게 주어진 힌트는 고작 열쇠 하나. 넓은 영지, 그리고 길목마다 보이는 수백, 수천 개의 빈집 중 자신이 지닌 열쇠에 맞는 집을 찾는 건 굉장히 어려운 일이 될 수밖에 없다.

물론 맨땅에 헤딩만 하는 건 아니다.

마을 주민들을 통해 거주지에 대한 단서를 얻을 수 있다. 그런데 이게 복불복이다.

운이 좋은 누군가는 자신의 거주지를 쉽게 찾지만, 운이 없는 누군가는…….

'처음에 나흘 걸렸던가.'

정훈에게도 그리 좋은 추억은 아니었다.

처음 3막에 도착했을 때 자신의 거주지를 찾는 데 무려 나흘이나 허비했었다.

웃긴 건 이것도 운이 좋은 편에 속한다는 것이다.

정말 재수가 없으면 열흘이 지나도 찾지 못하는 경우가 생길 수도 있다.

'물론 지금은 그럴 일이 없지.'

그에겐 황금 나침반이라는 최강의 퀘스트 도우미가 존재했다.

사용 방법은 간단하다.

머릿속에 가고자 하는 장소를 염원하면서 손에 쥔 나침반에 충격을 줘 방향 침이 돌아가도록 했다.

탁.

빙글빙글 돌아가던 나침반의 침이 한곳을 가리키자 곧장 그곳을 향해 움직였다.

단숨에 목적지로 가는 건 아니다.

적당히 멀리 왔다 싶으면 다시 나침반을 돌려 방향을 확인하는 작업이 수십 번 반복되었다.

'여긴가?'

방향 침이 더는 돌아가지 않는 목적지.

지붕은 갈색, 외부 벽면은 베이지색으로 칠해진, 으리으리한 저택이었다.

이것은 점령전의 활약에 따른 보상 중 하나다.

평범한 다른 입문자의 경우엔 구실만 하는 허름한 방 한 칸 정도를 얻었겠지만, 네 개 거점을 차지하는 데 지대한 공헌을 한 정훈에겐 꽤 큰 평수의 저택이 지급된 것이다.

보관함을 열어 은색 문양이 새겨진 고급 열쇠를 꺼냈다.

철컥.

앞을 막고 있는 거대한 철문의 홈, 그곳에 열쇠를 가져가 돌리자, 쇠가 맞물리는 소리와 함께 마침내 문이 열렸다.

눈앞에 펼쳐진 건 아무렇게나 내버려 둔 정원이었다.

무성하게 자라난 잡초들 사이로 야생화가 피어나 있었고, 가지치기하지 않아 여기저기 뻗은 관상목이 너저분했다.

얼마나 관리하지 않았는지 사잇길마저도 잡초가 침범해 있었다.

희미한 길의 흔적을 따라 나아가자 잠겨 있지 않은 저택 내부에 들어설 수 있었다.

"기다리고 있었습니다, 마스터."

저택에 들어온 그를 반긴 것은 상당히 큰 괘종시계였다.

아무리 이계라지만 살아 있는 생명체도 아닌 시계가 말을 하다니.

그건 이 세계에 빠삭한 정훈에게도 새로운 경험이었다.

'인간을 형상화한 건가?'

찬찬히 살펴보니 시간이 표시된 둥근 부분에 눈코입이 있다. 양옆 나무 장식은 팔, 그리고 밑받침 부분은 발의 모양을 해 엉성하게나마 인간의 외형을 갖추고 있었다.

"전 저택의 관리를 맡은 집사 루이엔 알프레도 잔 디프릭입니다. 편하게 알프레도라 부르십시오."

간단히 자신을 소개한 알프레도가 다시금 말을 이어 갔다.

"거주지에 처음 방문하셨으니 우선 간단한……."

"알프레도."

"네, 마스터."

중간에 말을 끊었지만, 전혀 기분 나빠 하는 기색이 없었다.

"설명은 안 해도 돼. 다 알고 있으니까."

그 순간 눈을 가늘게 뜬 알프레도가 미심쩍게 응시했다.

얼굴에 생각이 다 드러날 정도로 생생하다.

알프레도는 한동안 미심쩍은 눈초리로 정훈을 응시했다.

"마스터, 조금은 귀찮으시더라도 설명을 들어야 차후의 계획을……."

"아니, 괜찮아. 발전 가능 정도나 알려 줘."

발전. 말 그대로 거주지를 다양한 형태로 발전시키는 기능을 말한다.

그 단어 하나에 알프레도의 눈이 번쩍 뜨였다.

"발전을 알고 계시다니, 과연 마스터! 따로 설명이 필요 없을 것 같군요. 그럼 알겠습니다. 현재 마스터가 보유한 거주지의 발전 가능성을 설명토록 하겠습니다."

그때부터 알프레도의 긴 설명이 시작되었다.

장황한 설명을 생략한 부분을 간단히 요약하면 다음과 같다.

확장(Lv. 1) : 휴식 가능

확장(Lv. 2) : 요리실 생성

확장(Lv. 3) : 약초 재배실 생성

확장(Lv. 4) : 연금술사 실험실 생성

확장(Lv. 5) : 광맥 동굴 생성

확장(Lv. 6) : 대장간 생성

확장(Lv. 7) : 여관 생성

총 7레벨까지 확장 가능하며 레벨이 올라갈 때마다 생산 공방工房이 추가된다.

이때 생성된 공방은 확장과 달리 개별적으로 발전시키는 게 가능했다.

"마스터도 아시겠지만, 발전을 위해선 별도의 대가가 필요합니다. 그것을 위해 필요한 게 바로 이 코인입니다."

알프레도의 손바닥(?)에 놓인 건 동전이었다.

엄지손가락만 한 둥근 동전엔 1이라는 숫자가 새겨져 있었다.

"앞으로 마스터께서는 마을 주민들의 사적인 부탁이나 길드에 들어온 토벌 의뢰 등을 통해 코인을 획득해……."

쩔그렁.

설명을 이어 나가려던 알프레도의 말이 끊겼다.

그의 시선은 정훈이 내려놓은 가죽 자루에 고정되어 있었다.

당황과 경악한 감정을 얼굴에 그대로 나타냈다.

"이 정도면 충분하지?"

자루에 가득 담긴 황금 동전에는 100이라는 숫자가 새겨져 있었다.

"이, 이걸 어, 어떻게……."

너무 놀라 말을 더듬었다.

"어쩌다 보니."

물론 지금 내놓은 건 게임 속 캐릭터가 지니고 있었던 코인이었다.

코인은 3막뿐 아니라 앞으로 있을 시나리오에서 통용되는 화폐.

거의 중반 이상 동안 게임을 진행한 정훈의 보관함에는 어마어마한 양의 코인이 쌓여 있었다.

지금 내놓은 자루는 빙산의 일각에 불과했다.

"그 정도면 다 할 수 있지? 부족하면 말하고."

너무 놀라 경직되어 있었던 알프레도가 퍼뜩 정신을 차렸다. 뼈대 있는 집사 가문의 시계로서 이 정도에 당황하는 건 수치다.

"잠시만 기다려 주십시오. 확인해 보겠습니다."

흘깃 자루를 바라보는 것만으로도 코인의 개수를 파악한다.

엘리트 집사 시계인 알프레도의 특수 능력 '코인 세기'였다.

"총 325,700코인입니다. 모든 확장 및 공방의 발전에 필요한 코인은 25만. 충분하고도 넘치는 수준입니다."

"그래? 그럼 바로 발전에 들어가도록 해."

"알겠습니다. 모든 확장 및 공방 발전을 마치는 데까진 총 120일이 소요될 예정입니다."

당연한 말이지만, 발전에는 걸리는 시간이 있다.

그런데 이게 생각보다 길다.

3막에 있을 수 있는 시간은 고작해야 200일. 모든 발전을 마치고 나면 고작해야 80일밖에 시간이 남지 않는다.

물론 이를 타개할 방법이 있긴 하다.

"빠른 발전을 원하신다면 이것을 가져오시면 됩니다."

코인에 이어 보여 준 것은 약간 푸른빛을 띠는 돌이었다.

"필요한 수만큼의 마석을 주시면 발전의 시일을 앞당기는 게 가능합니다. 하지만 이건 극히 얻기가 힘든 것으로……."

터엉.

묵직한 무언가가 지면에 떨어졌다.

설마.

의혹을 품은 알프레도의 눈이 그곳으로 향했다.

"으헉!"

하마터면 놀라 자빠질 뻔했다.

가장 힘든, 그리고 소수의 의뢰를 해결해야만 얻을 수 있는 마석이 한가득 들어 있는 가죽 자루가 반기고 있었기 때문이다.

코인까지야 그렇다 쳐도 이렇게 많은 마석이라니.

"마스터, 당신은 대체 뭐 하는 분이십니까?"

심히 마스터의 정체를 의심하는 알프레도였다.

다음 권으로 이어집니다

오늘은 출근

이해날 현대 판타지 장편소설

『어게인 마이 라이프』『스트라이커 No. 9』의 작가
이해날이 보내는 신입 사원의 판타스틱 학원 생존기!

지방대 출신 늦깎이 취준생. 이준일
꿈속의 할머니에게 수상한 다이어리를 받다!

다이어리에 적힌 대로 하면
취업도 하고 회사에서도 승승장구
나중에는 대기업 회장까지 된다네?
그런데 뭐?
다이어리에 적힌 미래를 바꿔야 한다고?

사교육계에 지각변동을 일으킬 대형 신인 등장!
60만 청년 실업 시대, 드디어 오늘은 출근!

ROK MEDIA

한길 판타지 장편소설

베일리의 군주

『다신 안 해』 작가, 한길의 신작!
첫 장부터 화끈한 스피드를 즐겨라!

흑마법사에게 가족을 잃고 인생을 빼앗긴 앨런
허수아비 백작으로 이용당하던 중 진실을 알게 되었으나
결국 살해된 후, 정신을 차리니…… 과거로 돌아왔다?

새로운 삶에 적응하기도 전에
눈뜨자마자 마주친 전생의 원수를 폭풍같이 처단하고,
흑마법사의 출현을 보고하러 간 왕궁에서
국왕마저 쥐락펴락하는 놈들의 간계에 분노하는데……

사이다처럼 시원하게! 폭포처럼 통쾌하게!
흑마법사의 말살을 위한 사냥을 시작한다!